空巢

薛忆沩◎著

华东师范大学出版社

献给

所有像我母亲那样遭受过电信诈骗的"空巢"老人

那一天的羞辱摧毁了他们一生的虚荣

目录

第一章 大恐慌 / 001

第二章 大疑惑 / 071

第三章 大懊悔 / 139

第四章 大解放 / 211

第一章

大恐慌

巳时(上午九点到上午十一点)

这是我第一次接到从公安局打来的电话。一生中的第一次。我的一生,我不算短的一生。再过三个星期,我就要过八十岁的生日了。八十岁的生日……我曾经觉得它那么遥远,我甚至觉得它永远也不会到来。但是,再过三个星期,它就将进入我的生命,穿过我的生命……经过这么多年的"空巢"生活,我对这个特别的日子其实已经没有特别的感觉。一些亲戚和朋友早就在嚷嚷着要为我筹备热闹的酒宴和庆典。我坚决反对。我从一开始就坚决反对。我告诉他们,生日那一天,谁都不可能找到我。也许我会躲到一个陌生的地方去,也许我就躲在自己的"空巢"里……不管在哪里,我都会"躲"着,谁都不可能找到我。我不想庆祝八十岁的生日,因为我觉得自己的一生一事无成,不值得庆祝。这种"一事无成"的感觉最早好像出现在我丈夫的追悼会快要结束的时候。最近两年,它变得越来越清晰,越来越强烈,经常会影响到我的情绪……当然,只要一想到我一生的"清白",我就会振作起来,我就会感觉充实,感觉骄傲。是的,我的一生一事无成,但是谁都不要想在这一事无成的一生中找到任何的污点:政治上的污点、生活上的污点、经济上的污点……我一想到这一点就会感觉特别骄傲。我相信,将来我的悼词不管由谁来写,这种终生的"清白"都是悼词里要突出的内容。

但是,我刚才接到了从公安局打来的电话,而且是从公安局的刑侦大队打来的电话。让我再强调一遍:是公安局的刑侦大队,而不是我曾经打过交道的户籍科或者出入境管理科。我刚从菜场回来,刚在沙发上坐下,刚准备打开那份刚在超市旁边的报刊亭里买的《南方周末》……当然我只是准备浏览一下报纸上的标题,因为时间到了,我马上就要进入洗手间,坐到马桶上。我总是在早上固定的时间进入我一天之中最关键也是最痛苦的生活程序:如果运气好的话,坐上一个小时左右,我的肛门就会被费力地挤开。如果运气不好,我就需要等更长的时间。而遇到运气最不好的情况,不管坐多长时间,肠道和肛门都不会有任何的反应。最近这三天,我的运气就"最"不好。我每天都在马桶上坐两个小时以上,却总是无功而起。我已经非常灰心了。

我已经非常担心了。如果这种情况继续下去,我又必须去医院洗肠了。我不喜欢去医院,从来都不喜欢。

我受便秘的折磨已经将近十年了。我进出过大大小小的医院,求助过林林总总的医生,也尝试过形形色色的秘方,却从来都没有找到过治本的良方。以前所有的医生都简单地诊断说我的痛苦是肠胃功能紊乱造成的。我相信这是他们对所有的便秘患者作出的同样的诊断。可是四个月前,我的病因突然变了。在小雷负责组织的那一次免费系列保健知识讲座之后,有三天的免费专家咨询日。在那三天里,我一共咨询了四位专家,他们关于病因的说法完全一致。他们都说我的痛苦起因于脾脏功能失调。这种说法让我感觉比较可信,因为它有点辨证论治的味道。而且它与当年医生向我解释糖尿病病因时的说法也完全一致。"根本就不用担心。"四位专家都这么安慰我。他们都说,由他们部队医院用最新的电脑技术开发研制的保健品系列中的"固本健脾露"和"神益健脾丸"就是专门针对我这种情况的。只要坚持长期服用,总有一天就会出现"神奇"的效果。医生们的乐观态度对我是一种很大的鼓励。在小雷的建议下,我马上买了够吃六个月的"神益健脾丸"。我坚持认真服药,一天都不敢松懈。可是三个多疗程已经过去了,不仅"神奇"的效果还没有出现,我便秘的情况反而比服药之前严重了不少。我有点气馁,但是并没有打算放弃。小雷也几乎每天都会来电话,给我极大的支持。"坚持就是胜利!"她不厌其烦地说,"我们先吃六个月,不行再吃六个月……我就不信它没有效果。"那极有感染力的声音让我感觉她与我同病相怜,而且也在吞服同样的药丸,也在等待同样"神奇"的效果。

是的,我刚在沙发上坐下,刚准备打开那份刚在超市旁边的报刊亭里买的《南方周末》……就在这时候,电话铃响了。我马上的反应是它来自我妹妹。我们现在每个星期至少要通话三次。昨天通话的时候,我妹妹提到她的一位邻居用从网上找到的秘方治愈了困扰他二十多年的便秘。她说她会要她的邻居将秘方传给她。收到之后,她会马上打电话告诉我。我妹妹借此机会又抱怨了一下我对"新生事物"的抗拒。"网络真是太不可思议了!"她惊叹说,"它让我们的生活充满了奇迹!"

我从容地拿起话筒。我希望新找到的秘方不会与我以前已经试过的那些雷同。可是我"马上的反应"错了,话筒里传来的是一个陌生男人的声音。

我其实经常接到陌生人打来的电话。每天都会有,每天都会有很多:房地产公司的业务代表向我推销即将入住的优质房,医药公司的业务代表向我推销最新开发的保健品,电话公司的业务代表向我推销正在热销的套餐,银行和保险公司的业务代表向我推销回报丰厚的理财产品……那些陌生人通常都非常热情。他们会对我阿姨长阿姨短。在言归正传之前,他们一定会向我问寒问暖。而这个陌生男人的口气威严又森严。他的第一句话就确定了我们之间的不平等关系。他在查验我的姓名。在我的记忆中,好像从来没有人用那样的口气查验过我的姓名。我觉得那不是我自己的名字。我觉得叫那个名字的人犯了不可饶恕的大错。

陌生的男人说出来的第二句话让我更加紧张。他告诉我,这是从公安局刑侦大队打来的电话。"公安局?!"我不敢相信自己听到的话。"公安局刑侦大队。"陌生的男人强调说。我听清楚了。我意识到了正在与我通话的是一位公安人员。这是我第一次接到公安人员打来的电话。一生中的第一次。

公安人员紧接着问我家里还有没有其他人。他的口气还是那么威严、那么森严。

"我早已经是空巢老人了。"我故意用幽默的口气说。我以为这样可以缓解一下自己内心的紧张。

"我问的不是这个。我问的是此刻。"公安人员不耐烦地说,

"我问的是此刻你身边有没有其他人?"他的不耐烦更加强化了我内心的紧张。

"此刻没有。"我紧张地说,"但是……"

"但是什么?"公安人员急切地打断了我。

我能够听出他高度的警觉。他的警觉让我更加紧张。我告诉他,有一个朋友会在十点半的时候来看我。我感觉自己的身体和声音都在微微地颤抖。

"什么朋友?"公安人员问。

我没有马上回答。我觉得他的追问是对我的羞辱。

"我们需要掌握与你来往的所有人的情况。"公安人员说。

我犹豫了一下,告诉他要来看我的是保健品公司的业务代表小雷。她会送来他们公司新开发的"智能腹部按摩器",让我免费试用。

"你怎么跟这样一些不三不四的人来往?!"公安人员说。

我还没有来得及反应,就听到了他斩钉截铁的命令。"马上取消。"他说。

从来没有人对我下过这样的命令。我一方面觉得事情非常严重,另一方面又觉得自己非常委屈。"我已经约好了。"我说,想要挽回一点自己的面子。

"我们的谈话将涉及一宗正在侦破的特大案件,"公安人员说,"不能被任何人打断。"他命令我马上取消与小雷的约会。他说他过两分钟再打过来。

一宗正在侦破的特大案件？这新的信息又将我的紧张情绪推上了新的台阶。我紧张地环视着已经习以为常的"空巢",突然又有了要出大事的感觉。这种感觉在我一生中只出现过两次：一次是在一九七一年九月"林彪事件"的前夕,一次是在一九七六年十月粉碎"四人帮"的前夕。而那两次要出的都是国家大事,与我个人的安危并没有直接的联系。现在,公安人员准备与我谈论一宗正在侦破的特大案件。我感觉"空巢"的每一个角落都弥漫着恐怖。我感觉我身心的每一个部位都充满了恐慌。

进入"空巢"生活阶段之后,我的记忆就越来越差了。我现在甚至连五分钟之前做过的事都会忘记。但是,有几个常用的电话号码我却一直都能牢牢地记住。小雷的手机号码就是其中之一。我可以毫不费力地按出这个号码。可这是怎么回事,怎么我记不起第六位数字了？还有第七位,第八位……这是怎么回事？我做了三个深呼吸,想让自己的情绪平静下来。没有用,一点也没有用,我还是够不到自己最牢固的记忆。

记录电话号码的小本就在茶几上（压在救心丸药瓶的底

下)。我翻到小雷的号码,一个一个数字小心地按下去。电话很快就被接起了,但是接电话的人却不是小雷。她的态度还不错:她问我找谁。我说我找小雷。她说我拨错了号码。这是怎么回事?我肯定小本上记着的号码没有错。我又重新按了一遍。电话还是很快就通了,但是我还是出了错。这一次接电话的是一个声音沙哑的男人。他问我找谁。我有点不知所措。他又问了一遍我找谁。我刚想回答,电话里传来了一个孩子的声音:"肯定是骗子,不要理。"我充满委屈地挂断了电话。

这是怎么了?我伤心地咬住下嘴唇。我怎么照着号码按都会按错?公安人员只给了我两分钟时间,我不能再耽误了。我仔细地读了两遍小本上的号码。那是我一直都能背出的号码。它肯定没有错。我照着号码用更慢的速度一个一个数字地按下去。谢天谢地,这一次我没有出错。小雷很快接起了电话,她说她很快就来了。我让她不要来了,我说我有急事马上就要出门。小雷关心地问我什么事。我实在不想骗她,但是我不能不骗她。我说我必须去医院检查一下,因为又有差不多三天没有大便了。小雷说她手头正好有点事,否则她要来陪我一起去。我让她放心,我说这已经不是第一次了,我自己能够应付的。

刚放下电话,公安人员的电话就来了。他问我怎么打了那么长的电话。我说前两次我都把号码拨错了。"就是说你刚才一共打了三个电话?"他很警惕地问。我说是的。"就是说你刚才一共跟三个人说过话?"他接着还是很警惕地问。我说是的,尽管我和第二个人并没有说话。

公安人员没有马上说话。我感觉他与身边的人在商量什么。然后,他用威严又森严的声音告诉我,他们正在与全国各地的警察联手侦破一宗特大毒品走私案。"根据我们掌握的情况,"他说,"你已经卷入了这个犯罪集团的活动。"

我开始当然觉得这完全是可笑的无稽之谈。"这怎么可能?!"我争辩说。我的一生是清白的一生,是没有污点的一生。不要说罪了,就是大一点的错,我都没有犯过。

公安人员好像没有听到我的争辩。他用威严又森严的声音"希望"我能够认清形势,积极与公安机关配合。"你知道我们一贯的方针就是'坦白从宽'。"他斩钉截铁地说。

"你说什么?"我简直不敢相信自己的耳朵。"坦白从宽"?!这样的词怎么可以用在我的身上?!我马上就不再觉得可笑了。我觉得可气,十分可气。将这样的词用在我的身上是对我莫大的侮辱。我从来没有受到过这样的侮辱。这可以看成是对我人格的强暴。"我已经是快八十岁的人了,"我气愤地说,"怎么可能会与犯罪集团有什么联系?!"

"现在老年犯罪越来越普遍了。"公安人员说,"根据美国最新的研究……"

"你们知道我一生从事的是什么职业吗?"我气愤地问。

"我们什么都知道。"公安人员说。

"我从事的是最光荣的职业。"我气愤地说,"我是一个有将近四十年教龄的人民教师。"

"这又能说明什么呢?"公安人员说,"前不久,校长都抓了好几个,你应该知道吧。"

"那跟我有什么关系?!"我气愤地说。

"现在有多少人在用卑鄙的作为玷污人民教师这种光荣的职业啊。"公安人员说。

我还能怎样来为自己辩护呢? 在雄辩的公安人员面前,我所有的理由都显得不堪一击。"卷入了犯罪集团的活动"好像已经成了无法争辩的事实。我马上想到了自己的亲戚、朋友和邻居,我马上想到了自己的儿子和女儿……我将来在他们所有人的面前都会抬不起头来的啊。羞耻感迅速击穿了我的自信心。我绝望了。"我一生都是清白的,"我绝望地说,"我从来没有做过一件对不起国家的事情。"

"这可不能由你自己来说。"公安人员的口气还是没有一点变化。他好像没有察觉到我的心理已经被他击垮。他穷追猛打,重复了一遍刚才让我觉得可笑的话:"根据我们掌握的情况,你已经卷入了这个犯罪集团的活动。"

这时候,我既没有觉得它可笑,也没有觉得它可气,我觉得它可怕,非常可怕。这样的一句话会让警车开到我的楼下,会让我戴上手铐,会让我从此抬不起头来……这样的一句话会变成轰动全市甚至全国的新闻。我妹妹马上就会从网络上读到这条新闻,还有我儿子和女儿……还有什么比这更可怕的事情吗?我不想被警察带走。我不想被戴上手铐。我不想失去自己的亲人和"空巢"。我不想成为轰动一时的新闻人物……巨大的恐慌冲击着我的身心。我战战兢兢地问:"我应该怎么与公安机关配合?"

"你能够提出这样的问题就对了。"公安人员说,"这就是一个良好的开端。"

我不想要开端,我心说,我只想要结束。

"首先要核对一下你的身份证号码。"公安人员说。

机会!可能还有机会!公安人员的话带给了我一阵侥幸的心理。我希望身份证号码对不上。

公安人员要求我报出我的身份证号码。公安人员要求我重复一遍我的身份证号码。"没错,"公安人员说,"这与我们从犯罪集团的罪证里找到的号码完全一致。"他的声音还是那样威严、那样森严。

公安人员的话又将我推回到绝望之中。"你说什么?!"我气愤地说。我不敢相信自己的身份证明竟会是犯罪集团的"罪证"。这是对我人格的极大侮辱。

公安人员没有理睬我情绪的波动。"你不要放下电话。"他说,"等一下负责你这个案子的顾警官会要找你录口供。"

什么叫"你这个案子"?为什么要找我"录口供"?公安人员的每一句话都好像是为我定制的,对我的心理都具有巨大的杀伤力。我的一生是遵纪守法的一生,是一清二白的一生,是视名誉高于生命的一生。我万万没有想到在将近八十岁的时候会被公安机关立案,会要被警官"录口供"。巨大的恐慌侵入了我身心的每一个角落。

我不止等了"一下"。我等了将近十五分钟。充满恐慌的十五分钟。我一生中最长的十五分钟。我已经习以为常的"空巢"好像突然变成了另外的一个地方:它那样的静,那样的冷,那样的黑。它就好像是时间的终点,是吞没时间的黑洞。我的思绪一团糟,我的情绪一团糟。我已经没有一点力气了。我的身体好像已经失去了固体的质地,好像只是漂浮在黑洞里的一股戾气。我怎么会在将近八十岁的时候落到这种地步？我靠到沙发背上,眼睛一动不动地盯着对面墙上的挂钟。我从来没有像现在这样惧怕过时间。我不知道它想将我带往什么地方。这充满恐慌的等待。

顾警官在等待的尽头出现。他说话的口气和态度与刚才的公安人员完全不同。他的口气和态度具有一种特殊的魔力:它一方面在不断强化我的恐慌,另一方面却又给我很深的安慰和很大的希望。我很快就被这种魔力慑服了。我觉得顾警官的每一句话都是在为我着想。我对他充满了依赖和信赖。

顾警官一开始并没有提到"口供"这两个字。相反,他告诉我,根据他们掌握的情况,我完全是在不知情的状况下卷入这个犯罪集团的。"从某种意义上说,你其实是一名受害者。"他说。他的声音中饱含着对我的理解和同情。

我被这意想不到的转机感动得眼眶都湿了。"我当然是受害者。"我说,"我完全是受害者。"

顾警官一定听出了我对他的依赖和信赖。他短暂的沉默说明了这一点。"不过,"顾警官接着说,"在案件彻底告破之前,我们还是不要急于下任何结论。"

他的这种说法又将我推回到了极度的恐慌之中。可是同时,它又激起了我对他更深的依赖和信赖。

"现在我们需要你的积极配合。"顾警官说。

"我应该怎么配合?"我着急地问。

"现在的情况非常复杂。"顾警官说。

"复杂的情况我听不懂,"我着急地说,"你只要告诉我怎么配合就行了。"

"很多话在电话里说不方便。"顾警官说,"你知道,犯罪分子现在真是无孔不入。"

顾警官的话让我更加恐慌,也让我对他更加依赖和信赖。

"我们下午会到家里来。"顾警官说,"有些事情只能当面谈。"

这是十分周到的安排,我激动地想。我很想见到自己依赖和信赖的警官。我想向他当面申诉我的冤屈,证明我的清白。

"不过,现在出现了一个紧急的情况,"顾警官说,"这让我们对你的处境非常担心。"

我的心又抽搐了一下。"什么紧急的情况?"我问。

"犯罪分子正在调集资金,准备做最后的一搏。"顾警官说,

"这是我们刚刚收到的情报。"

"这跟我有什么关系?"我着急地问。

"很有关系。"顾警官说,"因为根据我们掌握的情况,你的银行账号已经全部被犯罪分子锁定。"

公安机关掌握的情况让我的恐慌继续升级。"他们要干什么?"我着急地问。

"你的钱可能会在一两天之内被他们转走,变成他们购买毒品的资金。"顾警官说。

"我所有的账号都设有密码,他们怎么能够将钱转走呢?"我着急地问。

"密码只能防君子,不能防小人。"顾警官耐心地解释说,"犯罪分子现在已经与最厉害的黑客联手。他们利用最先进的高科技技术,很快就能够破译你的密码。"

我经常听我妹妹说起黑客的厉害。顾警官的解释让我顿开茅塞。"那我现在应该怎么办啊?"我着急地问。

"我们已经在采取相应的保护措施,用不着过于恐慌。"顾警官说。

顾警官的话让我稍稍松了一口气。

"我们现在正在犹豫是不是需要对你启动特别的保护程

序。"顾警官说。

顾警官的犹豫让我又变得极为不安。"当然需要,"我着急地说,"当然需要。"

"根据我们掌握的情况,你的资金过于分散。"顾警官说,"这对我们的保护非常不利。"

"那我应该马上将资金集中起来?!"我着急地问。

"我们有一个绝密的特别账号。"顾警官说,"如果能够将资金集中并且成功地转到这个绝密的账号上,我们就能启动特别的保护程序了。"

"这太好了。"我着急地说,"我马上就去办。"

"先不要着急。"顾警官说,"我们现在还没有充分的把握。"

顾警官的犹豫让我更加着急了。

"万一失败,我们的目标就彻底暴露在了犯罪分子面前,这不仅会让你面临生命危险,也会影响整个案件的侦破进度。"顾警官说,"我们可不能因小失大啊。"

顾警官将我面临的危险当成"小"事让我有点泄气。但是,他的担心也是对我的关心。这让我非常感动。"用不着考虑我个人的生命安危。"我说,"我们不会失败的。"

"你真有信心吗?"顾警官问。

"有你们坚定的支持,我当然有信心。"我说。其实我哪里有什么信心啊。我只有一阵一阵的恐慌。

"那好,"顾警官说,"只要你有信心,犯罪分子就不会有可乘之机。"

我注意到顾警官总是不断地提到"犯罪分子",这很好。这能够让我保持高度的警惕,没有丝毫的松懈。我得意我用自己都感觉不到的信心让顾警官下定了决心。

接着,顾警官要求我与他核对一下全部账号的存款情况。我从卧室床头柜抽屉里取出那个记录存款情况的小本。我首先翻到了记录定期存款的那一页。我告诉顾警官我手里一共有三笔定期存款的存单:二十万元的那一笔今年年底到期;十五万元的那一笔明年三月到期;那一笔六千元的美元定期存款下个月底到期。我故意没有提及那一笔还有三年才到期的保险。那一笔以二十万元投保的保险是我的第一份理财产品,也是我终生的羞耻。两年前,银行和保险公司的那两位业务代表轮番上门来"强烈推荐"这份回报极高的理财产品。她们说了很多的术语,她们画了很多的图表……所有那些术语和图表都让我感觉云雾缭绕。可是,我越糊涂,她们就越积极。最后,她们将我完全看不懂的投保书都填写好带来了。"看不懂没有关系。"两位热情的业务代表齐声说,"有我们把关,你可以放一百个心。"我在她们指定的位置签了字。她们不断地夸奖我有眼光和魄力。那之后的三个星期,两位业务代表每天都来电话,报告这第一份理财产品增值的情况。后来她们再也没有来过电话了。后来我才知道,那预期有极高回报的产品有极高的风险。它在我买进三个星期之后一路下跌,到两个月前我最后一次去查询的时候,它已经只值不到四万元了。

接着,我与顾警官核对三个活期存折上的存款情况。我平时自己用的那个存折上到昨天为止还有七千元。以我儿子名字开户的存折上现在有三万八千元,那主要是我最近大半年里代他收领的房租。而以我女儿名字开户的那个存折平时没有多少钱,但是她的一位朋友昨天刚刚转过来了八万元(她告诉我,那是还我女儿为她在美国留学的孩子垫付学费的钱)。

"这与我们掌握的情况完全一致。"顾警官说,"我相信犯罪分子对这些数据也掌握得非常清楚。"

顾警官的"相信"让我不敢有丝毫的松懈。我心急如焚地等待着他进一步的指示。

顾警官好像并不理解我的心情。"我还是有点担心……"他说。

"不要再犹豫了,"我着急地说,"不能让犯罪分子抢在我们的前面啊。"

顾警官稍稍沉默了一下之后,终于同意行动了。他指示我首先将我们刚才核对过的所有存款集中起来。

这时候,我才突然意识到我不可能将"所有存款集中起来",因为那三张定期存款单上写的都不是我的名字:美元是我女儿的,写的当然是她的名字。而那两张人民币定期存款虽然是我自己的,写的却都是我儿子的名字。我不可能提前支取这三张定期存款单上的存款。我着急地将这个情况报告给了顾警官。

顾警官好像非常吃惊。"你自己的钱怎么要写你儿子的名字?"他用责备的口气问。

我解释说,我一直觉得那是我留给我儿子的遗产,所以一直用的都是他的名字。

"你知道这给我们的工作增加了多大的难度吗?!"顾警官仍然是用责备的口气说。

我感到非常内疚。我在积极地配合公安机关的工作,我一点都不想给他们的工作增加难度。"对不起,"我说,"那时候没有想到会发生这样的事情。"

顾警官让我等一下,他说他需要请示一下他的领导。

他的领导是什么样的人啊。我非常担心。我担心他请示的结果是放弃对我的特别保护。

顾警官请示的时间比我想象的要短得多。他很快就回到了电话线上。"那好吧。"他说,"那我们只能先将能够集中的存款集中起来。"

这积极的结果当然给了我很大的安慰。可是,"那三份定期存款怎么办?"我着急地问。我也迫切希望公安机关能够迅速将它们保护起来。

"我们比你还着急。"顾警官说,"但是我们不能患得患失。"

"我只是希望你们不要放弃。"我用恳求的语气说。

"当然不会。"顾警官说,"保护人民群众的财产安全是我们的职责。"

这句话让我感觉特别温暖,因为我还是被当成了"人民群众"中的一员。

"但是我们现在要马上行动,将犯罪分子随时都会盗走的这十二万五千元集中保护起来。"顾警官说。

他的这句话又给了我强烈的紧迫感。而且他将要保护的总数都已经算出来,记在了心中,让我感觉到了公安机关的认真和周密,让我对他们有了更深的依赖和信赖。"我家里还有一些零用钱,能不能也集中在一起加以保护?"我有点激动地说,"正好可以凑成十三万。"

顾警官没有觉得我又在增加他们工作的难度。他反而表扬我具有良好的心理素质,能够做到处变不惊、临危不惧。他说与犯罪分子作斗争不仅需要勇气,还需要具备良好的心理素质。他说有些受害者一听说自己的账号被犯罪分子锁定马上就慌了手脚,连自己到底有多少账号都没有数了。有的甚至马上给自己的孩子打电话,结果很快就暴露了目标。说完之后,顾警官让我记下公安机关绝密账号的有关信息。接着,他重复了一遍那些信息。接着,他又让我重复了一遍那些信息。然后,他问我是不是注意到了绝密账号是以个人名义在外地开户的账号。我已经恐慌到了这种程度,哪里还会去注意这些细节。顾警官说,公安机关这么做就是为了麻痹犯罪分子。

接着,顾警官提醒我在整个过程中一定要保持高度的警惕,尽量避开熟人和朋友,尽量少说话。他尤其提到对银行的人要特别提防。他说这个社会已经腐烂透顶了,犯罪分子已经渗透到了社会的各个角落。根据他们掌握的情况,在所有的银行里,犯罪分子都安插了"内鬼"。这些"内鬼"会想尽一切办法破坏公安机关的保护行动。我没有想到银行内部的情况居然这么复杂。我感觉身体的发条拧得更紧了。顾警官提醒说,银行的"内鬼"很有可能会要盘问我是否认识绝密账号的开户人,我一定要回答说认识。顾警官说这不是说谎,这是与犯罪分子斗争的一种策略(顾警官还提到了其他的一些策略,比如不要将存折上的余额全部取空,最好留下一两百元,以免引起银行的怀疑等等)。顾警官的这些提醒让我看到斗争的严峻性和复杂性,同时也让我体会到了公安机关的细致和周全。

然后,顾警官让我记下一个电话号码。他说那是一个"绝密"的号码。他指示我在将存款成功地转移到绝密账号之后,马上回家,用家里的座机通知那个号码。他提醒说,我只要告诉接电话的警官"转账成功"就可以了,别的话不要多说。这时候,我还是有点患得患失,很想问如果转账不成功怎么办。但是,我又担心顾警官会批评我信心不足,不敢问。

顾警官接着强调说,我们的这次配合必须速战速决。他又一次敦促我"马上行动"。他的强调和敦促让我感觉我们是同一条战壕里的战友。但是,他最后的两个提醒又让我感觉自己仍然是被怀疑的对象。他首先提醒说,我下午三点钟"必须"在家里等他,因为他会要来"录口供"。我没有想到"录口供"一类令我义愤填膺的词汇还是会出现在我依赖和信赖的顾警官的嘴里,感觉很受伤害。顾警官最后的提醒更是将我稍稍有点缓解的恐慌推回到了原来的高度。他提醒我不要将我们通话的内容透露给任何人,否则"后果不堪设想"。他的口气突然变得有点严厉了。这意想不到的突变让我对下一步的行动充满了恐慌和焦虑。我将会面临什么样的后果呢?我忍不住要去设想,我将会面临什么样的后果呢?

午时(上午十一点到下午一点)

我没有"马上行动"。极度的恐慌让我精疲力竭又心烦意乱。我没有能力"马上行动"。"你已经卷入了这个犯罪集团的活动"……公安机关掌握的这一情况不要说对一个有将近四十年教龄的老教师,一个从青春期开始就视"清白"为生命的老先进,就是对一个没有任何追求的普通人,也是灾难性的打击。我想到了"晚节不保"这个词。我想起了一些"晚节不保"的人,那是我极为鄙弃的一类人。我自己怎么也会成为他们中的一员?这是荒谬绝伦的灾难。这是荒谬绝伦的转变。我知道,哪怕顾警官最后能够证明我的无辜,我也休想彻底洗净自己身上的污垢。我一生中见到过太多这样的例子了。许多事情到了要解释的时候就已经解释不清了。我精疲力竭又心烦意乱。

我必须尽快从这种恶劣的状态中挣脱出来。因为接下来还有一场与犯罪分子斗智斗勇的恶战,我需要有高度清晰的头脑和极为饱满的体力才可能赢得最后的胜利。解放前夕,作为进步学生,我参加过一些由地下党组织的革命活动。我记得活动的组织者也总是强调我们需要与敌人斗智斗勇。那已经是六十多年以前的事情了。时间过得真快。那时候,我还刚进高中,我对未来还充满了信心。现在,我不仅没有未来了,我也没有信心了。我对自己的大便都没有信心了。我不知道为什么在这种状况下,我的心理还会要遭遇灾难性的打击。万一转账不成怎么办?我想问,又不敢问。顾警官说过,我的存款随时都有可能会被犯罪分子划走。这当然是可怕的损失。但是与暴露目标相比,这也许算不得什么。暴露了目标会影响公安机关的侦破行动,更会影响到公安机关对我的看法。这些都是我无法承受的后果啊。

我从沙发上站起来的时候,房颤的典型症状又出现了。我稍微停了一下,等感觉稳定一点才慢慢移动脚步。动作一定不能太快太急,我提醒自己,尤其是要避免摔倒。现在任何的意外都会给犯罪分子提供机会,都会让我们失去机会。这一点即使顾警官不说，我自己也非常清楚。接下来的恶战是对我的考验。它也应该是对我最大的考验和最后的考验。我一生从来没有与犯罪分子展开过直接和正面的交锋。这是最严峻的考验。它考验的不仅是我的心理，还有我的身体。我的身体……我从来就没完全健康过的身体。二十多年前，在一次例行的体检中，医生诊断我患有糖尿病（幸亏是非胰岛素依赖型）。这是我的身体开始腐朽的重要标志。而在这之前，困扰我的主要是心脏方面的问题。我的心律不齐最早是被我母亲发现的。尽管我们家族中那位德高望重的中医安慰我母亲说，儿童的心律不齐会随着年龄的增长而自动消失，不需要过于在意，我母亲还是特别在意。她从来都不允许我做剧烈的运动。她经常逼着我吃补血的食品和中药（我记得家里每次蒸鸡的时候，她都会要求厨师放上当归和枸杞）。进入青春期之后，心律不齐的症状果然就自动消失了，稍微激烈一点的运动也不会让我感到特别的不适。我当然还是比较小心谨慎，但是我不会像从前那样过虑和紧张。直到我退休之前，情况都完全正常。我跟我的同事们谈起我心脏不好，他们都不会相信。可是退休之后，我又经常能够感觉到一些与心脏有关的症状了。最近这十多年里，心脏方面的问题更是变得非常突出。根据医生的诊断，我现在患有阵发性房颤。

发作的时候,我能够清楚地感觉到心血管的那种快速而不协调的栗动,接着心悸、气短、心前区的不适以及忧虑不安等等症状就会同时出现。医生警告我要特别注意控制自己的情绪,因为房颤发作之后有可能会导致晕眩,甚至休克。医生还给过我一个百分比,说明房颤患者中风的可能性非常之大。医生的警告在我心中留下了一道很长的阴影。我现在经常梦见自己突然中风摔倒在客厅地板上的情景……刹那间,我的"空巢"就变成了连我自己都容不下的"空巢"。

我慢慢地走近洗手间。我吃力地推开已经不太灵活的玻璃门。在出门之前,我需要完成一天中最关键也是最痛苦的生活程序。已经不记得有多少年了,进洗手间成了我沉重的精神负担。我总是担心自己会在马桶上白坐一个小时、两个小时,甚至更长的时间。而我的担心很容易就会变成难堪又痛苦的现实。一年之中,我心满意足地从洗手间里面走出来的日子越来越少了,就像一年之中没有雾霾的日子越来越少了一样。我不理解便秘为什么会发生在我的身上。自从糖尿病被检查出来之后,我对饮食特别注意:青菜吃得多,荤菜吃得少,主食都是医生推荐的健脾的五谷杂粮,量更是严格控制。这样的饮食结构应该是很利于消化和排泄的。为什么便秘会发生在我的身上?有时候,我会觉得便秘是一种遗传病。我母亲到了八十岁以后也有便秘的问题。那时候看着她在马桶上坐很长的时间不起来,我会有点不大耐烦。现在,轮到我自己了……我变得更加不耐烦了。我从来没有就便秘是否遗传的问题咨询过医生。我不需要科学的支持,更不想被科学否定。这些年来,我经常会冒出一些悲观和阴暗的想法。比如我会想,一代一代人活着其实就是为了让疾病和痛苦能够在这个世界上传承下去。这些悲观和阴暗的想法也许就是"空巢"生活的一种印迹吧。

在现在这种状况下,我更不可能有任何的奢望。现在除了那种传统的精神负担之外,我还承受着不断升级的恐慌:对已经卷入犯罪集团活动的恐慌,对生命和财产受到犯罪分子威胁的恐慌,对与犯罪分子进行斗争的恐慌……对这已经被恐慌屏蔽的身体我还能有什么奢望呢?而且我不可能在马桶上坐很久,一场恶战正在等着我,我要"马上行动"。我慢慢地坐到了马桶上。我需要完成这一道关键的生活程序,哪怕我不可能有任何的"完成"。更重要的是,我需要利用这一道生活程序来让自己平静下来,来稳定自己的情绪。我必须尽快摆脱精疲力竭又心烦意乱的恶劣状况,否则我不可能赢得这场迫在眉睫的恶战。

从前,我总是教育那些处于青春期的学生们要有"自知之明"。现在我知道,"自知之明"不是一种智力的境界,而是一种生理的状况。人不到疾病缠身的年纪,根本就不可能有对身体的"自知之明"。我现在对自己的身体已经有高度的"自知之明"。我尤其懂得身体各项指标稳定的重要性:血糖要稳定,血压要稳定,心律要稳定……按照住在十五层的邻居老范的说法,我们这个年纪的人每天要做的就是自身的"维稳"。而各项指标稳定的集中表现就是情绪的稳定。按照马克思主义哲学关于矛盾转化的说法,因为公安局刑侦大队的电话,在我生活中长期居于主要矛盾地位的便秘现在已经转化成为次要矛盾。现在的主要矛盾是这场迫在眉睫的恶战。没有稳定的情绪,我绝对不可能赢得这场恶战。

我没有关上洗手间的门。过去我总是指责我丈夫和我儿子上洗手间的时候不关门。现在,我自己也已经习惯了敞开门上洗手间,甚至应该说现在我自己上洗手间的时候"必须"敞开门。不敞开洗手间的门,我就立刻会感觉头晕、胸闷和呼吸困难,我就立刻会烦躁不安。有一次我与我妹妹谈起这种已经能够引起条件反射的习惯,我说报纸上经常介绍开放式的厨房,而我最想要的却是开放式的洗手间。这种对洗手间开放的要求是我自己这些年来不愿意长时间呆在外面的原因,因为我不可能在任何其他地方享受到"空巢"给予我的这种特殊的自由。从这个意义上说，自由又成了一种奴役。这可能就是生活的辩证法吧。

敞开洗手间的门，我不仅有流通的空气，还会有纵深的透视。具体地说，坐在马桶上我就可以看见正前方的沙发和客厅里的其他一些摆设。这是我已经习以为常的视角。这是我已经习以为常的"看见"。我随意地抬起头。我没有想到，我的视线突然会好像遭受了异化的扭曲和羞辱。我知道我的沙发已经不再是两个小时以前的沙发了。我刚才坐在那里，接到了第一个从公安局打来的电话，我一生中的第一个。那个电话让我知道我已经不再是两个小时以前那个我认识的我了。我已经变成了一个"晚节不保"的人。我已经变成了我自己的陌生人。我的右手抽搐了一下。对自己的陌生让我痛苦和羞愧。我低下了头。我想回到两个小时以前的世界里去……不知道过了多久，一阵熟悉的脚步声出现在我受伤的感觉之中。它越来越近，越来越近……它最后停下来了，停在了我的呼吸好像都能够触到的地方。我不安地抬起头。我看见了我母亲，她像从前那样坐在沙发的角落上。

"这是为什么？"我充满羞愧地问，"为什么会发生这样的事情？"

"不要问我现在的事情。"我母亲说,"我不可能知道现在的事情。"

"我也不知道。"我沮丧地说,"但是……"

"不要责备自己。"我母亲说,"永远都不要责备自己。"

"你会责备我吗?"我问。

"我从来都没有责备过你,你知道的。"我母亲说,"就连那些年我都没有责备过你。"

"那些年"……我不希望她提到"那些年"。那是从我女儿出生的前夕到"文化大革命"结束之间的"那些年"。那是我与他们划清界限的"那些年"。那是我不去看他们也不允许他们来看我的"那些年"。"我的孩子们现在也不回来了。"我说,"我现在是一个'空巢'老人。"我的声音充满了懊悔和无奈。

"这其实不是现在。"我母亲说。

"你这是什么意思?"我问。

我母亲苦笑了一下。"还记得你的疯舅舅吗?"她问。

"当然记得。"我说。哪怕忘记了所有的人,我也不会忘记我的疯舅舅。"我还记得你举着竹竿追着打他的场面。"我接着说。

"你还记得?!"我母亲说,好像不太相信。

"那应该是我最早的记忆了。"我说,"我记得你是真的生气了。"

"我没有想到你还记得。"我母亲说。

"我记得他躲回到自己的小屋子里去之后，你还气得用竹竿在他的门上捅了几下。"我说。

"那是一九三七年的夏天，是七七事变之前。"我母亲说，"我每年那时候都带你去你外婆家。"

"就是说我还不到四岁?!"我说。我有点奇怪那个场面出现得那么早。

"是啊，还不到四岁。"我母亲说，"可是那天你就像一个小大人一样，坐在堂屋的门槛上，翻动着你外公订阅的《申报》。"

"这我可一点都不记得了。"我说。

"我记得很清楚。我正准备晾晒你那两件碎花的小衣服。"我母亲说，"我现在还能听到那好像永远都不会间断的蝉鸣声，还有从你外婆房间里传来的断断续续的古筝声……我记得很清楚。"我母亲将一直放在沙发上的左手放到了扶着拐杖的右手上。"这时候，你的疯舅舅出现了……他就像是那座大宅院里的一个幽灵。他就像是我们生活中的幽灵。他的双手总是背在身后。他的手上总是拿着他用削得很整齐的竹片做的小房子。"我母亲说，"他走到你的跟前。你一点都不怕他。其他的孩子都很怕他,可是你一点都不怕他。这一直让我觉得很奇怪。他问你在干什么。你很认真地回答说'看报'。你那认真的样子把周围的人都逗笑了。但是你疯舅舅没有笑。他一把抢过你手里的报纸,说报纸不能看,报纸上的话都是假话,报纸是骗子。"

"我一点都不记得了。"我说。

"你气鼓鼓地盯着他,一点也不怕。"我母亲说。

"我真是一点都不记得了。"我说。

"我骂了他。我要他不要缠着你。"我母亲说,"可是他没有理睬我。他弯腰将手上的小房子递给你。他说那是一个'空巢'。他说那就是你将来的家。接着,他做了一个很吓人的表情,他把你吓哭了。"

"他说'空巢'?"我以为我听错了那个词。

"是的。"我母亲说。

"我还以为'空巢'是刚刚时髦起来的新词呢。"我说。

"不是。"我母亲说,"对你不是。对我们不是。对你疯舅舅更不是。"

"我真是一点都不记得了。"我说。

"你还是没有怕。你问他怎么会知道那就是你将来的家。"我母亲说,"他说他是疯子,疯子什么都知道。我又骂了他。他还是没有理睬我。他说他还知道你将来的头发会要掉光,牙齿会要掉光,记忆会要掉光。"

"我气坏了,操起用来给你晒衣服的竹竿朝他扑打过去。"我母亲说,"这就是你记得的了。"

我低下了头。那散发着田园风味和家庭气息的场面又重新出现在我的头顶上。我很感激我母亲,感激她的记忆没有掉光,感激她将我带到了用来命名我现在的身份和生活的那个词的源头。我母亲始终没有看着我。她好像不知道自己正在与我说话。她好像只是我在极度的恐慌之中出现的幻觉。重新抬起头的时候,我已经看不到我母亲模糊的侧影了。我继续固执地盯着让我感觉陌生的沙发。五年前,我母亲就是坐在沙发上去世的。当时我们正在一起看一部很流行的韩国电视剧。她突然打了一个很响的嗝,然后就断气了。这五年之中,我经常梦见她。尤其在早上快醒来的时候,我会做许多稀奇古怪的梦,我母亲就经常出现在那些梦里。我们会在梦里交谈,就像刚才那样。但是,我从来没有在大白天"看见"过她。我妹妹"看见"过她很多次。每次她都会来电话告诉我,每次我都不相信,都会笑她"活见鬼"。

我母亲的出现让我的状况有了明显的缓解。这让我想起医生们这些年来对我的提醒。他们总是提醒我身边应该有人陪伴（这与公安人员刚才的顾虑正好相反）。他们不提醒我也很清楚：身边有人陪伴既是生理上的需要，也是心理上的需要。但是直到刚才，直到我"看见"了我母亲，我才真正体会到了这种陪伴的神奇的力量。我的情绪稳定下来了。我的体力恢复起来了。我平静地站起来。我平静地看了一眼平静的便池。我平静地擦了擦没有污垢的屁股。我平静地系好裤子。我感觉自己已经可以出门了。我必须尽快行动，因为公安人员正在看着我，犯罪分子也正在看着我。我必须尽快行动。我平静地走出洗手间。我没有忘记将洗手间的门拉上。不在洗手间里面的时候，我一定会将洗手间的门关好，因为我不愿意面对自己的难堪和失败。

我称自己是"空巢"老人，尽管我知道自己的情况与小区里其他的"空巢"老人并不一样。小区里的大多数"空巢"老人都是老两口住在一起，也就是说身边都有人陪伴。他们不少人的孩子也住在我们的城市里，周末通常就会有三代人的团聚。他们中有一些人的兄弟姊妹也住在这座城市，经常来往走动。而我不同，我不仅孩子们都已经远走高飞，老伴也已经撒手人寰，我仅有的妹妹也住在千里之外的北方。没有亲人陪我过周末，甚至没有亲人与我一起过春节。按照老范的说法，我属于"真空"

级的"空巢"老人。我已经在这"真空"的状况中生活将近五年了。医生说过房颤患者中风的可能性很大,有谁计算过有房颤症状的"空巢"老人中风的可能性吗?我不愿意在定期存单上用自己的名字,因为我已经不敢去预期生命的长度了。最近一段时间,我在与我儿子通电话的时候都很想知道他下次什么时候回来。他总是说还没有安排,还没有安排。等他有安排的时候,我还在这个世界上吗?我已经有三年没有见过我儿子了。我不想做八十岁生日的一个重要原因,就是我儿子和我女儿都明确表示过他们不会有时间回来。

我走到沙发跟前,弯下腰,摸了摸刚才我母亲坐过的地方。我很感动她曾经为我的"将来"而生气。我更感动她为我的"现在"而出现。很清楚,我母亲的故事并没有结束,她关于"空巢"的词源还有很多话可说,还有很多话要说。但是我必须出门了。她的消失是对我的提醒。

我的那三本活期存折都放在床头柜抽屉里(压在我的病历本的下面)。我检查了每一本存折上的余额,与我在小本上登记的基本一致(百位以下的数字我没有登记)。接着,我取出压在衣柜中间一格左侧那一叠衣服下面的信封,那里面有我留着应急用的五千多元储备金。我将记录绝密账号信息的纸条塞进信封,将信封与三个存折一起放进平时提着出门的小布袋里。我的乘车卡、身份证和装零花钱的小钱包就长期放在这个小布袋里。我将小布袋折叠了起来,这样,我就可以将它紧紧地抓在手里,比平时那样提着感觉要安全许多。

就在我正准备出门的时候,刺耳的电话铃声让我打了一个寒颤。我恐慌地退回来,迅速将房门关上。我相信那又是顾警官打来的电话。他一定会批评我行动的迟缓。我紧张地拿起话筒,里面传来的却是我儿子的声音。这让我更加恐慌。"怎么是你?"我警惕地问,"你怎么会在这时候来电话?"我们之间有七个小时的时差,现在还是他那里的凌晨。但是,我的意思显然不是"这时候"对他不合适,而是对我不合适。一场恶战已经迫在眉睫,"这时候"是最敏感的时候。"这时候",对自己的亲人尤其要保持高度的警惕,绝不能走漏了任何风声,否则就像顾警官说的那样,"后果不堪设想"。

"我不知道为什么整个晚上大脑都非常亢奋,一直就没有睡着。"我儿子说。

我平时总是很愿意与他说话,但是"这时候",我提醒自己最好是什么都不要说。

我儿子应该没有注意到我的异常。他接着问我在睡不着的时候,会想些什么。

我还是什么都没有说。我只想赶快挂断这个来得不是时候的电话。

我儿子有点不太高兴。"你怎么不说话啊?"他问。

"你这时候也不应该说话。"我说,"说话会让大脑更加亢奋。"

"但是我很想说话。"我儿子继续说,"随便跟我说点什么吧。"

"你要赶快睡觉。"我说,"不然白天你会没有精神的。"

我儿子不肯放弃。他继续说:"比如告诉我你现在正准备做什么。"

这是我和公安人员之间的绝密,我心说,我怎么能够告诉你呢?"你还是赶快睡觉吧。"我固执地说。

我儿子终于泄气了。他迟疑了一下之后,挂断了电话。

顺利地克服了行动中的这个重要障碍之后,我马上就出门了。在锁防盗门的时候,我提醒自己这次出门与早上那次出门的性质完全不同,与我一生中任何一次出门的性质也完全不同。我提醒自己必须保持高度的警惕,但是又要显得若无其事,不能露出任何的蛛丝马迹。

经过门厅的时候,我故意将脸侧向一边,以免与保安有视线的接触。没有想到保安居然主动地喊了我一声,并且问我为什么"又"出门。糟糕!我的心又揪紧了一下,怎么刚出门就已经暴露?我没有将脸完全侧过来。我还是不愿意与保安有视线的接触。我怕他看出更多的问题。我怕他提出更多的问题。"我要去邮局寄信。"我敷衍地说着,快步走出大楼。可是没走出几步,我又听到保安在喊"阿姨"。"邮局这几天在装修。"他接着大声说。我不知道我们小区的邮局这几天在装修。"我去大邮局。"我敷衍地说,头都没有回。我觉得保安的表现有点反常,他平常没有这么热心。我不会忘记顾警官的提醒,我必须保持高度的警惕。

我抬头看了一眼迷迷蒙蒙的天空。与第一次出门的时候相比,现在的空气状况更加糟糕了。清早的天气预报说今天的空气状况是"中度污染"。很多人对这种状况已经很满足了。刚才在菜市场里,我就听见两个中年妇女用庆幸的口气说今天"只是"中度污染。可是我受不了。如果不是因为要配合公安机关的活动,我是不会"又"出门的。

我故意避开了来往的人比较多的那条路,从侧门走出小区。我平时总是在小区正门边的那家工商银行办理储蓄手续。那里大部分的工作人员对我都非常熟悉。他们都不仅知道我是孤寡的"空巢"老人,还知道我女儿住在纽约,我儿子住在伦敦。他们也知道我每个月的退休工资是多少,甚至我每个月的水电费和管理费是多少。即使那里没有犯罪集团安插的"内鬼",我突然将存款集中起来,转到一个外地的账户上,肯定也会引起他们的注意。顾警官早已经为我想到了这一点。他提醒我要尽量避开熟人就是这个意思。

汽车站离小区的侧门不远。我决定坐汽车去那家新开的购物中心。报刊零售亭的小李有一天告诉我那里的工商银行比我们小区正门边那一家的人少得多。

我一下公共汽车就有点后悔了,因为购物中心有很多的入口。而进到购物中心之后,我就更加后悔了,因为那里所有的路都好像互相连通。我费了很大的劲才找到了那家工商银行。那里的人的确比我们小区正门边的那一家要少得多。我稍稍感到了一点安慰。我从机器上取了号之后,准备在最后那排椅子上坐下。猛然间,我发现老范竟坐在前三排的位置上。我的身体立刻像触了电一样弹了起来。我慌慌张张地走了出去。我一直朝前走,不敢停下,也不敢回头。

老范是邻居里与我说话最多的人。他也应该是与所有邻居说话最多的人。我喜欢他的豁达和幽默。那是我自己永远也不会有的豁达和幽默。世界上好像没有什么事情能够让老范失去他的豁达和幽默。举一个小小的例子:那天老范刚从医院回来,他笑呵呵地告诉我,他也被查出了有房颤的症状。当医生告知我有房颤的时候,我马上想到的就是"生命危险"。而老范不是。他首先想到的是"房产"。他对医生说他"宁愿有房颤,不愿有房产",因为房颤没有人会争,而房产人人都要争。他的话把医生逗乐了。如果老范也突然从公安人员那里知道自己"已经卷入了犯罪集团的活动",他会怎样反应呢?

我在购物中心转了整整二十分钟。我走过了一家一家的名牌店。我从来没有走进过这些名牌店。它们标新立异的橱窗已经让我失去了勇气和兴趣,已经让我强烈地感到了自己与世界之间的距离……准确地说,不是距离而是对立。我现在经常想,如果我的生活是现实,那么世界就是梦幻;而如果世界是现实,我就是生活在梦幻之中。从名牌店的橱窗前走过,这种对自己和世界的怀疑会迅速达到极点。我突然想起了古典小说里的"太虚幻境"。对我来说,充斥着名牌店的购物中心就是我们这个时代的"太虚幻境"。那些昂贵的时装,那些昂贵的提包,那些昂贵的内衣……我有一次听一位邻居抱怨说她的儿媳妇花两千元买了一件名牌的胸罩。她说她自己一辈子用过的最贵的胸罩也只花了三十五元。我的情况也差不多。我用过的最贵的是小雷鼎力推荐的那种能够预防乳腺癌的胸罩,打折之后也只花了七十五元。

我相信二十分钟应该足够老范办完事离开了。在这二十分钟里,我不停地看着手表。我还几次将小布袋打开:哪怕我将它牢牢地抓在手上,我还是担心里面的存折和现金的安全。刚才在公共汽车上我也两次打开小布袋,确认存折和现金的安全。其实我知道,存折在我的手里,并不意味着我的存款就安全。顾警官告诉过我,犯罪分子随时都可能用高技术的手段将存款分文不剩地划走。我最后那五分钟是在购物中心的超市里打发的。与那些空空荡荡的名牌店不同,超市里的人很多,超市门口结账的队伍很长,这是让我感觉真实和亲切的场面。但是,查看了商品的价格之后,我的那种感觉马上就烟消云散了。同样的一盒醪糟,在小区的超市里只卖六元,在这里却要卖九元八角。这乌泱泱的超市仍是"太虚幻境"。我不安地从超市走出来,朝银行方向走去。我突然想起了那两位向我极力推荐理财产品的业务代表。她们想让我知道定期存款有巨大的风险。"看这物价,看这物价。"她们情绪激动地说,"等存款到期的时候,你会发现它什么都买不了了。"但是,她们为什么要推荐我买那种风险更高的保险呢?我完全听不懂她们说的那些术语和画的那些图表。我说过我最大的愿望就是"保本"。我差不多是被她们逼着在那份保险单上签了字。我记得签完字之后,那位银行业务代表不停地称赞我有眼光、有魄力,跟得上飞速发展的时代。可是我在得知那份理财产品已经缩水百分之五十的当天去找她的时候,她的态度完全变了。她说她之所以推荐我买那种产品是因为她自己也买了。"有什么办法呢,"她叹着气说,"这只能怪我们生不逢时啊!"

在接近银行的时候,我猛然注意到老范正在迎面走来。我已经躲不开了,我尴尬地停下来。老范举起手里的一个报纸小包,说他刚从银行取钱出来。"你怎么到这么远的地方来取钱?"我紧张地问。"这家银行不怎么要排队。"老范说。接着,他问我来这里做什么。"我来随便看看,"我说,"这家购物中心开张这么久了,我还从没有来过。"我不敢看着老范。我怕他看出我的心烦意乱,也怕他看出我在撒谎。幸好老范看到的只是表面,他说我的气色看上去很不好,他问我为什么。我继续撒谎说昨天又失眠了整整一晚。老范笑了笑,说他现在倒是很想失眠,因为他发现了一个奇怪的规律:他发现他失眠的程度与第二天的空气污染指数成反比。也就是说,他前一晚的睡眠状况越差,第二天的空气状况就越好。他说他宁愿通过牺牲自己来造福人类。"可惜我现在已经不怎么失眠了。"老范望了一眼窗外,说,"你看这空气。"我也敷衍地将脸侧了过去。"好在我们老了,活不了多久了,很快就不会再受这'气'了。"老范说着,靠近了我的身体。我很紧张地将身体往后仰了一点。"我估计,"老范用很神秘的口气说,"地狱里的空气污染指数都比这里要低。"我知道他这句话的真实意义,因为老范好几次对我说过他自己不是好人,将来肯定要下地狱。但是这时候,我没有一点兴致欣赏他的豁达和幽默。幸好老范也要急着回家去,他说他约好了要与他的妻子在网上聊天。他的妻子现在在洛杉矶照顾他们的外孙女。"这里没什么好看的,"老范最后说,"这不是我们这种年纪的人来的地方。"

等老范完全从我的视野中消失了,我才走进银行。我取的号刚刚过去。站在取号机边的那位银行工作人员很客气地要我坐下,她说我不必重新取号排队了。然后,她与柜台里面的工作人员说了几句什么。我非常紧张。我不知道会要发生什么事情。我不希望受到特殊的关注。但是,我又不敢多问。好在没有多久,我就听见报我的号码了。我紧张地走近指定的窗口。

我无法辨认窗口里那个戴眼镜的工作人员是不是"内鬼"。我让她先将用我儿子和我女儿名字开的那两本存折上的存款转存到用我的名字开的存折上。根据顾警官的指示,我在两本存折上都留下了一百五十元。将存款集中的过程进行得非常顺利。犯罪分子还没有来得及将我的存款转走,这让我松了一大口气。

"还需要办理什么吗?"工作人员心不在焉地问。接着,她用左手的小手指掏了一下耳朵。

我的心跳开始加速。我暗示自己一定要顶住。如果这时候发生眩晕甚至休克,整个计划就会彻底暴露,犯罪分子就会抢在我们的前面。我从小布袋里取出装现金的信封,从信封里取出那张记录绝密账号资料的纸条。我将信封和纸条以及我的身份证递进窗口。我说我需要从我的存折上取出差不多十二万五千元,与信封里面的钱凑成十三万元,转到纸条上的账号上。

表情木讷的工作人员注意到了绝密账号是异地账号。她说异地转账需要手续费。我开始有点不太舒服,问她为什么同行转账还需要手续费。她冷冷地说同行异地转账也需要手续费,这是他们的规定。她还没有说完,我就责备起自己来了。我不应该纠缠这样的枝节。顾警官已经提醒过了,我们绝不能"因小失大"。我马上告诉她没有关系,直接从存折上扣除手续费就好了。

转账凭证做好之后,工作人员将它递过来,要我签字。我这时候才注意到自己忘记带眼镜了。幸好柜台上有一副备用的眼镜,它对我来说有点浅,但是比不戴要好得多。我签好字,将转账凭证推进窗口。就在我紧张又兴奋地期待着转账成功的时候,"内鬼"果然显形了。坐在最靠边窗口后面的那个年轻人突然站起身,走到他的同事身旁。他看了看那张记录绝密账号信息的纸条,又看了看我刚签好的转账凭证。他突然用很严肃的口气问我是不是与户主相识。我没有让他看出任何破绽。"当然认识。"我肯定地回答说。同时,我对顾警官的预见力充满了敬佩。

"内鬼"在他的同事耳边嘀咕了一下。她站起身来。她让我等一下。然后,她拿着转账凭证和我的身份证走到隔断后面的办公室里去了。

我意识到决战的时刻即将到来。这不仅是保护我的财产的决战,也是保护我的荣誉的决战。这是只能胜利不能失败的决战。我的心跳已经开始紊乱,但是我的大脑还是比较冷静、比较清晰。我调整了一下自己的呼吸。我提醒自己一定要保持情绪的稳定。

我第四次看表的时候,工作人员与她的主管一起从隔断后面走出来,走到窗口前。主管手里拿着转账凭证和身份证。她对着身份证看了看我,又问了我刚才那个"内鬼"问过的问题。

她也许是更大的"内鬼"?我提醒自己保持高度的警惕和稳定的情绪。"当然认识。"我还是用很肯定的口气说,"我们是多年的老同事。"

主管与她的下属交换了一下眼色。"这可不是一笔小数目,"主管说,"相当于两三年的退休金了吧。"

"他等着这笔钱急用。"我肯定地说,"他说到年底就能还我。"

主管又拿起我的存折,翻开看了一眼。"你肯定你认识他吗?"她又很随意地问了一遍。

"你们问过多少遍了?"我用很不耐烦的口气说,"不认识我怎么会借钱给他?!"

主管将转账凭证和我的身份证及存折放到桌上。"我们只是怕你上当受骗,"她说,"现在的骗子实在是太多了。"

我意识到胜利已经在望。"我的老同事怎么会骗我!"我说。我的口气还是显得很不耐烦。

主管对她的下属点了点头,然后转身走了。

未时(下午一点到下午三点)

为了节省时间,我在购物中心的门口叫了一辆出租车回家。我凭老年乘车证可以免费乘坐公共汽车,所以平时很少坐出租车。在这五年的"空巢"生活中,我只单独坐过两次出租车。两次都是因为怕参加小雷他们组织的免费保健讲座时迟到(一次是因为我在洗手间里耽误了太多时间,一次是因为与我妹妹通电话忘记了时间)。那两次,我都没有与出租车司机说一句话。我是性格矜持的人,从来都不会主动与陌生人说话。但是这一次,车刚一开动,身体肥胖的出租车司机就问起了我的年纪。我告诉他,再过三个星期我就要满八十岁了。出租车司机从后视镜里看了我一眼,说我和他父亲是同一年出生的。我没有太在意他对这种巧合的在意。我还沉浸在刚才的历险之中或者说刚才的成功之中。"那真是有点像做地下活动一样!"如果将来有机会与我的孩子们分享这种成功,我一定会这样说。但是,出租车司机接下来的一句话不仅引起了我的注意,还让我的身体抽搐了一下。他接着说,他父亲已经去世两年了。

如果我也在两年前去世,我就不会经受今天的恐慌和羞辱了,我的一生就会像我的悼词强调的那样一清二白,我暗暗地告诉自己。我从来没有想过能活到现在这个年纪,也从来没有想过要活到现在这个年纪。我母亲告诉我,所有给她算过命的人都说我会"夭折",都说她是白发人送黑发人的命。我对这种"命"已经有充分的思想准备。我对死亡没有什么恐惧。我觉得生命的长短没有什么意义。但是,来自公安局刑侦大队的电话改变了我的这种态度。我不想现在死去。我要活到案件水落石出的那一天。我要活着看到我的生命重新恢复它的清白。

我用不安的目光看了出租车司机一眼。"什么病?"我不安地问。

"肠癌。"出租车司机说。

"结肠?"我不安地问。已经有好几位医生提醒过我,长年的便秘可能会引起结肠的癌变。

"小肠。"出租车司机说。

我下意识地按压了一下小肠的部位。

"开始医生一直以为是十二指肠溃疡。"出租车司机说,"到后来发现的时候就已经太晚了。"

我绝不能现在死去。我暗暗地发誓。我一定要活到案件水落石出的那一天。

出租车司机沉默了很长一段时间之后,突然长叹了一口气,说他"认识"自己父亲的时间太晚了。"那时候我差不多都已经四十五岁了。"他说,"之前的那么多年我们没有办法相处:我见了他就烦,他见了我也烦。他说的每一句话都让我不舒服。我说的每一句话也都令他反感。我们只想离对方远远的,越远越好。"

我意识到自己突然对死亡有了很深的恐惧。我发誓绝不能在现在这个时候不明不白地死去。

"可是有一天我终于认识他了。那时候我差不多都已经四十五岁了。"出租车司机说,"突然之间,他成了我的支柱,我成了他的支柱。我每天最大的享受就是坐在他的跟前,跟他说话。我们什么都说。我们好像有说不完的话。"

我们在所有路口遇到的都是红灯。我觉得这好像是天意。在最后一个路口等红灯的时候,出租车司机将整个身体都趴在方向盘上。"可是这种幸福的日子就那么两年……"他说,"跟做梦一样。"

"他一定很高兴你回到了他的身边。"我说。

"看着他最后的那种样子,我真是后悔极了。"出租车司机说,"为什么以前要耽误那么多的时间啊。"

"那其实是一个很正常的过程。"我安慰他说。

"我这两年问过很多的'儿子'。他们都有同样的体会。"出租车司机说,"等他们想跟自己的父亲说话的时候,留给他们的时间就已经不多了。"

我自己也经历了从反叛到和解到依恋的"很正常"的过程。而对我们这一代人来说,这很正常的生理和心理过程还受到了很不正常的政治因素的干扰。如果不是我自己和我丈夫两边单位的领导对我施加那么大的压力,我相信我是不会与我父母"划清界限"的。而我四十三岁那年,"文化大革命"终于结束了,这为我与我父母之间的和解创造了历史条件。出租车司机说得对,我们的时间已经不多了。我父亲很快就因为脑溢血离开了人世。他没有留给我时间去"认识"他。我母亲后来一直跟着我生活。她活到了九十三岁。她给了我时间。在她生命最后的那五六年里,我对她产生了一种固执的依恋。我甚至会在半夜里起来,去偷看她熟睡的样子。这种依恋让我对她的"无疾而终"并没有特别的伤感,因为我觉得她没有离去,不会离去。她是隐藏在我"空巢"中的幽灵。她是环绕在我余生中的精气。

出租车司机开过路口之后,我让他在小区的侧门附近停车。我还是不想碰见熟人。我与公安机关的第一次配合成功了,这只是第一步，我不能因此而掉以轻心。

"你的孩子多大了？"出租车司机在将车票递给我的时候，用很亲近的目光看着我问。

我稍稍犹豫了一下，说："他们还没有到你说的那个年纪呢。"我宁愿这样说。我宁愿对这个普通的出租车司机撒谎。我不敢对他说他们早就已经过了应该"认识"父母的年纪，可是他们还没有"认识"我。我知道如果我的孩子们没有进过国内外的名牌大学，如果他们只是一个普通的出租车司机，而不是在伦敦和纽约的大公司工作，我会有多么失望。可是现在，这个出租车司机让我对他们有了更深的失望。他们早已过了"认识"我的年纪，但是我们还从来没有过推心置腹的交谈。他们不知道我的过去，他们更不知道我的现在。我不能让他们知道我的现在。我为自己要对这样坦诚的出租车司机撒谎而羞愧。我为自己的处境而羞愧。我想与我的孩子们有说不完的话，我想他们陪在我的身旁。

出租车司机似乎察觉出我在撒谎。"那你一定要好好活着，"他还是很坦诚地说，"活到他们能够认识你的年纪。"

我带着深深的羞愧跨出了出租车。我想将这一段意想不到的谈话抛到九霄云外。我现在连自己都不"认识"自己了。我

"已经卷入了犯罪集团的活动",我已经成了公安机关的疑犯。我的孩子们连那个一清二白的我都不"认识",怎么可能认识这个藏污纳垢的我?深深的羞愧完全冲散了我对与公安机关第一次配合成功的得意。我从侧门走进小区。我的心情与我刚才走出小区时的心情没有什么变化。我好像不是一个胜利者。我的头僵硬地低着。我不想看见任何人。我也不想被任何人看见。

楼下的保安正靠在椅子上打瞌睡。我逃过了最难逃过的一关。我很幸运。保安每天要上十二个小时的班,从早上的八点到晚上的八点。当时在开发商的推销广告上,"二十四小时的保安"是很醒目的一条。但是自从我们住进来的第一天起,楼下有保安值班的时间就打了五折。开始一些住户还嚷嚷着要采取行动,后来因为出现了更多更迫切的问题,就没有人再注意这一点了。我快步从保安跟前走过。他没有睁开眼睛,我很幸运。我对他刚才的热心已经有了警惕。在公共汽车上坐好之后,我甚至想到了他已经被犯罪集团收买的可能性。下午与顾警官见面的时候,我会向他报告我的这种怀疑。我希望公安机关不仅关注我的财产安全,也关注我的人身安全。

楼里面好像是有人在搬家,电梯很慢才下来。我在电梯里看了两次手表。我意识到自己已经让顾警官他们等得太久了,心里非常不安。我必须马上将转账成功的消息通报给他们。我相信他们会再一次表扬我的沉着冷静。我现在的自信心已经降到了有生以来的最低点,我希望听到公安人员的鼓励。我匆匆忙忙地走出电梯。我手忙脚乱地掏出钥匙。我试了好几次才将防盗门的两把锁一起打开。我觉得换鞋子都太耽误时间了,直接走到了电话机的跟前。"绝密"电话只响了一声就被接起了。接电话的警官声音果然非常急切。"怎么样?"他问。"转账成功!"我按照顾警官的指示说。当然,我的声音有点激动。我期待着同样激动的反应。我期待着来自公安人员的一声惊叹或者一句夸奖。但是非常奇怪,我的话音刚落,电话就挂断了。这非常奇怪。

又一阵恐慌向我袭来。公安人员为什么对我们第一次成功的配合反应如此冷淡?我又做错了什么事情吗?是的,我让他们等得太久了。我为此非常不安。我不知道出租车为什么一路上遇到的都是红灯。我不知道电梯为什么下来得那么慢。是的,我还责备自己出门之前不应该用那么长的时间去稳定情绪,我还责备自己不应该与我母亲做那么长时间的交谈。也许让他们等得太久了并不是公安人员对我的成功如此冷淡的原因。也许在这一段时间里,案情的侦破又有了新的进展,公安人员又发现了不利于我的新的线索?又一阵新的恐慌向我袭来。我不敢再多想,耐心等待着与顾警官的见面吧。我相信,凭着他丰富的办案经验,顾警官一看到我就能确定我是一个无辜的受害者。

此起彼伏的恐慌已经完全打乱了我的生物钟。吃午饭的时间早就过了,我却一直没有饥饿的感觉(因为糖尿病的原因,我其实比健康的人更容易感到饥饿);而且我的午睡是不可或缺的,平常到了这个时候,我肯定已经在沙发上睡着了。可是现在,我居然没有丝毫的睡意。我的大脑极为混乱,极为亢奋。这样下去,我相信到晚上我也不会想吃饭,也肯定睡不着。

这时候,电话铃响了。这本来是"空巢"最习惯的声音,现在听起来就好像是火警的警报。它带来的是又一阵巨大的恐慌以及小肠部位的一阵绞痛。我想从今以后,所有的电话铃声都会引起我的恐慌和绞痛。这也许是生活强加给我身体的最后的一种条件反射。我迅速拿起了话筒。我以为是刚才接我电话的公安人员打回来的电话。我以为他要向我说对不起,因为他刚才忘了表扬我的沉着冷静,也忘了称赞我的成功。我错了。来电话的是我的钟点工。她问我下午她应该是几点钟来做卫生。我看了一眼电话机旁边的日历,上面标明了今天是钟点工要来做卫生的日子。我完全忘了,就像我的身体忘记了午饭和午睡一样。这位钟点工已经在我这里做了将近四年了。她手脚麻利、做事认真,这是我喜欢的地方。但是,她特别好说也特别能说,这让我非常反感。小区里发生的很多事情我都是从她的嘴里听到的。如果她撞见了顾警官,我今天晚上就会成为小区里的"明星"。这个电话来得很好。我告诉她下午不要来了。我告诉她这个星期都不要来了。

我的当务之急不是"空巢"的卫生,而是个人的"卫生"。我要尽快扫除公安机关对我的怀疑,扫除犯罪分子对我的诬陷。通过上午的电话交谈,我已经对顾警官有了很好的印象和很强的信任感。我期待着我们的见面。我完全不清楚他要录什么口供,怎样录口供。但是,我肯定他会留给我足够的时间来自我辩护。我的辩护很简单。我只想强调两点:第一,洁身自好是我一生笃行的。我有强烈的羞耻感,从来就容不得自己名字上有任何的污垢。我丈夫经常调侃我生活中的"洁癖",其实我的"洁癖"更是一种生命状态。我无法容忍看得见的污垢,更不能容忍看不见的污垢。以这种"洁癖"为生命状态的人怎么可能会"卷入犯罪集团的活动"呢?第二,教书育人是我一生的热忱。我有将近四十年的教龄,我对自己的本职工作有强烈的荣誉感和责任心。我的教学赢得了领导、同事和学生们的一致赞扬(只有我丈夫对这一点不以为然。他将我对工作的热忱当成是"好强"的表现。他认为好强的女人缺少女人味。他认为我缺少女人味)。一个终生都在为人师表的人怎么可能会"卷入犯罪集团的活动"呢?

　　我的荣誉感和责任心是与我们这一代人在青春期经历的最重要的历史事件联系在一起的。这个最重要的历史事件就是"解放"。迎接"解放"是我参与的那些由地下党组织的革命活动的主题。我不会忘记自己参加的第一次秘密聚会是怎样进入高潮的。聚会的地点是我们那所由曾国藩的后人创办的学校的图书室。聚会的组织者站在外国文学名著的书架旁边。在完成了激动人心的讲演之后,他展开了一面红旗。参加聚会的同学围拢到一起,双手紧拽着红旗,低声唱起了迎接解放的歌曲。唱着唱着,我感觉自己的灵魂完全挣脱了肉体的桎梏,变成了波澜壮阔的历史的一部分。那是空前绝后的快感:我的生命被那种快感推进到"狂喜"的状态。这是我一生中第一次进入"狂喜"的状态,也是最彻底的一次。刹那间,我看到了精神的力量,我明白了荣誉的价值,我感到了责任的分量……我完成了自己的"解放"。"解放"!这是多么伟大的词汇,这是多么伟大的时刻……我才刚满十六岁,"解放"带来的狂喜让我在人生的花季发现了人生的意义和方向。

如果顾警官给我足够的时间,我会将这些生活中的细节娓娓道来。我甚至可能会告诉他,我其实一直将那个让我"狂喜"的夜晚当成我自己的"初夜",因为它就是我献身的夜晚(与它相比,八年之后的新婚之夜显得那么低俗,那么平庸)。从那个夜晚开始,我将自己的生命彻底奉献给了伟大光荣正确的事业,我准备为那事业奋斗到生命的最后一刻……有谁会想到,如此壮丽地开始的人生会以"卷入了犯罪集团的活动"而结束呢?

我不知道自己的这些生活细节对案件的侦破是否会有帮助。但是,如果顾警官给我足够的时间,我会告诉他这一切。我甚至会与他谈起聚会的组织者。他是我们同一街上的那所男校高三年级的学生。他不仅有出众的外表,还有出众的才华,是他们学校里最引人注目的学生,也是我们学校里所有女生心中的偶像。而且他还是我们城里最大的绸布店老板的长子,是引人注目的公众人物。他在初三的时候,曾经被人绑架。是他父亲亲自将天价的赎金送到绑匪的手里将他赎了回来。这在当时是轰动全国的新闻。

我参与的那几次革命活动都是在他的直接领导下进行的。他应该是我那一段生活最理想的证明人。但是两年前,我从一位老同学那里听说他的老年痴呆已经到了很严重的程度,已经连自己的家人都不认识了。我在听到这个消息之后专门去看过他一次。我坐在他的对面,他的妻子坐在他的身边。他的头靠在椅背上,眼睛直直地望着天花板。他显然对外部世界已经没有感觉。我和他的妻子说了一阵话。她说他是被他们的孩子气成现在这个样子的。他们唯一的孩子比我儿子大两岁。他既没有继承父亲的外表,也没有继承父亲的才华。他从小学开始就只是很平庸的学生,高中毕业之后没有能够考上大学,后来靠着他父亲的关系进了一家国营工厂。就在我儿子进入伦敦金属交易所工作的那一年,他所在的工厂被一家私营企业收购,他与绝大部分工人一起被强制下岗。那一年,他的妻子带着他们的孩子离开了他。他从来没有离开父母独立生活过。结婚和离婚之后也都一直住在家里。"他每天都要惹他父亲生气,最后把他气成了现在这个样子。"组织者的妻子说,"我真是羡慕你们这些'空巢'老人,我们想当都当不上。"

那是我最后一次看见他。那次见面最后出现了让我觉得非常尴尬的场面。在准备离开的时候,虽然知道他对外部世界已经没有感觉,我还是礼貌地在他的手上拍了两下,向他表示告别。没有想到,在我拍第二下的时候,他的手竟突然往后一缩。

这种反应马上将我带到了六十多年前的那个夜晚,我大吃一惊。他的妻子也大吃一惊。"他好像认出你来了。"她说。我非常尴尬地转过身去。

关于我与他的关系,我不知道他妻子到底知道到什么程度。他是我们同一条街上的那所男校的学生,他是我参与的那些革命活动的领导,这些她当然应该知道。但是除此之外,他还是我的第一位追求者,是我成为"女人"之后第一个与我有身体接触的男人。我是在十三岁生日之前的那个星期天成为"女人"的。当时我正在后院的花园里与我妹妹和一位表弟一起捉迷藏。我蹲在假山里面等着我的表弟来找我。突然我的小腹一阵痉挛,接着一股热气冲出我的身体。我开始只是感觉有点奇怪和不适。但是接着,我看到了裤子上透出来的血迹。我恐慌起来,一路尖叫着跑进我母亲的房间。我还没有开口我母亲就已经知道发生了什么。她非常镇定。她用手抹去我脸上的眼泪。"不要怕。"我母亲说,"这没有什么。"她将跟在我身后跑进来的妹妹和表弟轰出去。她让我脱去裤子。她为我准备好温水,为我洗干净屁股。然后,她从衣柜中间的抽屉里拿出早已经亲手为我缝制好的卫生带,将一叠黄草纸垫在上面,教我如何将它戴好。"你长大了。"她说,"你现在是女人了。"她的话让我感觉到一阵羞涩和难堪,好像我马上就会要结婚和怀孕一样。"你以后每个月都会遇到这样的事。"我母亲接着说,"你要学会与它相处。"

我们身体的接触发生在最后那一次秘密聚会之后。第二天解放军就要进城了,我们聚会的内容就是布置第二天一整天的安排。组织者那天显得有点心神不宁。他在大家热烈讨论要派谁在下午的群众集会上向解放军代表献花的时候,递给我一张字条,要我在会议结束之后单独留下来谈话。我们的聚会比前两次提前半个小时结束。大家陆陆续续的离开让我非常恐慌,不仅因为我从来没有单独与一个男生在那么昏暗的地方呆过,也因为我那两位最要好的朋友在离开之前酸溜溜地用英语祝我"好运"。我低头坐在原位上。我听见了组织者将门关上的声音。我听见了组织者走近我的脚步。我的心在乱跳。我极度恐慌。我想到了我的父母。如果他们知道我这么晚了还与一个男生单独呆在一个这么昏暗的角落里,他们会多么伤心和绝望:不管他是谁,不管他的父亲是谁,不管我们的话题是什么……事实上,我父母对城里的形势早已经很不放心了,他们总是提醒我不要轻信谣言,不要参加任何形式的政治活动。如果他们知道我在政治活动之后还被一个男生留下来单独谈话,他们会多么伤心和绝望。

我知道聚会组织者已经站在了我的跟前。但是我不敢抬头。我处在极度的恐慌之中。我不知道我父母会不会知道我正在干什么。我不知道我的那两位朋友会不会想知道我正在干什么。组织者沉默了很久才开始说话。他首先还是谈起了中国的前途和未来,就好像聚会并没有提前结束。后来,他的话题又转到了他的父亲。他说他的父亲对时局的发展非常失望,但是他却不愿意像他最要好的几位朋友一样去台湾或者香港。他还说他的父亲对他也非常失望,因为他知道他对革命充满了激情,却对家业没有任何兴趣。组织者的话题让我的情绪稍稍松弛了一点,因为它们都与我没有直接的关系。我甚至都差不多想抬起头来看着他了。没有想到,组织者这时候却又转换了话题。他转而谈起了"我们"的前途和未来。我开始以为他说的"我们"是我们这一代人,后来我意识到他说的"我们"就是我们,就是我们两个人。我又被推进了极度的恐慌之中。我的头脑一片混乱。我越来越不知道他在说些什么。正在我不知所措的时候,他跪到了我的面前,用双手抓住了我的双手。那是我成为"女人"之后与同龄男人的第一次身体接触。"我们明天一起去参加解放军吧。"组织者激动地说,"我们一起去解放全中国吧。"

这太荒唐了!这太可怕了!我从来没有想到过要离开,我更不可能跟着一个让我陷入极度恐慌的男人离开。我用力将手从他的手里抽了出来。我果断地站起来。我头都不回地离开了灯光昏暗的图书室。

他那天的反应好像是对我六十多年前的反应的回应。那天,他的妻子一直将我送到了公共汽车站。"我们一直以为他已经不认识人了。"她伤心地说。她希望我能够经常去看他。她说他刚才的反应让她觉得他也许还有康复的希望。我很清楚我不会再去看他了。即使他没有那让我感觉尴尬的反应,我也不会再去了。说实话,有很长一段时间,我都后悔去看了他。一个曾经那么英俊那么神气的人,怎么最后会变得那么丑陋那么痴呆?他的结局让我非常压抑。我不知道我自己将来会不会也有那样的一天。我多次在电话里告诉我儿子,一旦出现那样的情况,一定要想办法让我安乐死。我觉得那样活着真是一种巨大的羞耻。

我后来被选送进了革命大学。在那里学习了五个月的马列主义之后,我又接受了九个月的师资培训。然后,我被分配到一所中学当高中的政治课老师,同时兼管学生工作。而他的确违背父亲的意愿参加了解放军,并且随军南下去了广东。二十世纪六十年代初期,我在位于城市中心广场东南角的那家电影院的门口遇见了他,才知道他已经转业回来,在市文化局工作。他得意地告诉我,他已经做父亲了,他说大家都说他们家的小宝宝长得很像他。他说其实长得像他妻子也不错。他说他妻子是省歌舞团的舞蹈演员。他说他们是在火车上认识的。他完全沉浸在自己的幸福生活之中,完全没有问到我的情况。那时候,因为我的第一个孩子的夭折,我对是不是再要孩子仍然充满了恐惧。那天我们分手之后,我才意识到我们并没有握手。我以为我们的手永远也不会再碰在一起了。

当然,顾警官肯定不会有时间听所有的这些细节。但是,我肯定会要向他提到我参加的那些革命活动的直接领导。如果不是因为老年痴呆,他会成为我那一段经历最合适的证明人。那是一段非常重要的经历,对我的一生非常重要,对我走出目前的困境更是非常重要。我期待着与顾警官的见面。我一定要利用这关键性的见面让顾警官了解我的品性和我的经历。我怎么可能会"卷入了犯罪集团的活动"呢?

我还是没有一点饥饿的感觉。这不仅非常奇怪,也非常危险。我决定不能跟着被恐慌搅乱的感觉走。不饿也应该强迫自己吃点东西。我想起了昨天晚上剩的那两小块红薯。我可以将它们在微波炉里热一下吃掉。一个人做饭的主要麻烦就是量的多少很难掌握。我好像总是有吃不完的剩饭剩菜。我有时候觉得自己越来越严重的便秘跟肠道里淤积的这些剩饭剩菜有很大的关系。做饭肯定是让"空巢"老人们最头疼的家务。老范用时髦的术语称他的解决办法是"外包"。他妻子去美国照顾外孙女之后,他根本就不开伙了。他说在外面吃既省时又省事,甚至还省钱。"但是不省心啊。"我说,"你看报纸上总是有关于地沟油的报道。"老范的反应让我大吃一惊。"我们人的肠道其实比地沟干净不了多少。"他笑着说。

我有时候不是太理解他的幽默和豁达。我有时候也不是太接受。即使没有地沟油的问题,我也不习惯去外面吃,更不要说每餐都在外面吃。我自己的家变成了一个"空巢",责任不在我,或者说不全在我,但是我觉得自己有责任让这"空巢"中总是飘散着一缕起码的人间烟火。

我想到了昨天晚上剩的那两小块红薯。我决定将它们在微波炉里热一下。可是我并没有站起来。我根本就不想站起来。我根本就站不起来。我好像觉得比刚才出门之前更加疲惫,更加烦乱。听到我转账成功的消息之后,公安人员竟没有一句表扬,没有一声赞叹……这冷淡的反应引发了新的恐慌。它让我好像觉得比刚才出门之前更加疲惫,更加烦乱。我一直期待着与顾警官的见面，但是因为这冷淡的反应，我对见面的效果已经产生了隐隐的疑惑。这冷淡的反应意味着什么？到底意味着什么？

我心烦意乱地瞥了一眼身边的电话机，突然觉得它奇丑无比。我们有"祸从口出"的说法，而电话机是"口"的延伸，它让"祸"的传播变得更加轻易。我现在全部的恐慌都可以归咎于这奇丑无比的电话机。早上出门去菜市场的时候，我的生活还是正常的生活。从菜市场回来，电话铃响了。那是我一生中第一次接到从公安局刑侦大队打来的电话。突然，我的生活就不再是正常的生活了。我已经"卷入了犯罪集团的活动"。我的所有账号都已经被犯罪分子锁定。我陷入从来没有过的巨大的恐慌之中。我记得我母亲在生命的最后那几个星期里总是喜欢闭着眼睛说"人生如梦人生如梦人生如梦"。我现在也有这种"人生如梦"的感觉……而且我感觉到的是恶梦，是无法惊醒的恶梦……这时候，电话铃又响了。这是真的电话铃声，还是我对上午的电话铃声的记忆或者幻觉？恐慌更粗暴地拽住了我。我心烦意乱地拿起了话筒。

我很高兴是小雷打来的电话。她说她怕影响我的午休，所以现在才来电话。她总是这样周到，言行一致地周到。她问我上午去医院做检查的情况怎么样。

我差一点忘记了上午对她撒过的谎。我为自己上午必须对她撒谎而难过。我为自己现在必须继续对她撒谎而难过。"医生说再观察一两天看看。"我撒谎说。

"开了什么药吗?"小雷问。

"医生说继续吃原来的药就好了。"我撒谎说。

"我们这次的'智能腹部按摩器'效果肯定很好。"小雷说,"我马上就送过来。"

我的身体抽搐了一下。"不要,不要。"我着急地说。

"不要没关系。先试试。"小雷说,"说不定真是立竿见影呢。"

"我不是说不要它。"我说,"我是说你不要马上过来。"

"没关系的。"小雷说,"本来上午就要过来的。"

"不是你有没有关系的问题,"我撒谎说,"是我还要出门。"

"还有什么事啊?"小雷不太高兴地问。

我稍稍迟疑了一下,撒谎说以前一起做晨练的一个邻居要我陪她去银行取钱。"她说一个人不敢拿那么多现金在手上。"我补充说。

"你不是不舒服吗?"小雷还是不太高兴地说,"不舒服就不要出门了。"

"我现在好多了。"我撒谎时瞥了一眼对面墙上的挂钟。离顾警官与我约定的时间只差十分钟了,我不能再(或者说"再被")这样纠缠下去了。"我不能跟你说了。"我继续撒谎说,"我现在就要出门了。"

小雷一定觉得有点奇怪,因为我从来没有这么固执地拒绝过或者说躲避过她。她没有再纠缠了。她说她明天上午再给我送"智能腹部按摩器"来。最后,她还没有忘记提醒我在外面上下台阶的时候一定要特别小心以及办完事了就赶快回家来休息。

我放下话筒之后不仅没有如释重负的感觉,反而感觉更加沉重,因为我突然意识到自从上午接到从公安局刑侦大队打来的电话以来,我已经变成了一个熟练的撒谎者:我对小雷撒谎,对老范撒谎,对保安撒谎,对银行的工作人员撒谎,对出租车司机撒谎……对所有的人撒谎。撒谎变成了我克服恐慌的手段,变成了我人生斗争的有力武器。可是就在接到那个电话之前,我不仅很不会撒谎,而且很憎恶撒谎和撒谎的人。人怎么会突然之间发生这样大的变化呢?我怎么会突然之间发生这样大的变化呢?

第二章

大疑惑

申时(下午三点到下午五点)

顾警官没有在约定的时间出现……顾警官为什么没有在约定的时间出现?

放下电话之后,我就一直盯着墙上的挂针,准确地说是盯着挂钟上的秒针。我的视线好像就缠绕在秒针的尖头上,由它拉着一格一格地朝充满悬念的目的地走去。我故意不去注意分针的位置。我期待着顾警官的到来,又害怕与他的见面。因为那意想不到的冷淡,我对我们见面的效果已经产生了越来越深的疑惑。直到已经清楚地意识到约定的时间已经过去了,我的视线才松开秒针,盯住了分针。我绝望地盯着分针。已经过去七分钟了……顾警官没有在约定的时间出现。这是为什么?从电话里,我听得出他是一个很守信用的人。一定是出了什么事。出了什么事?我的脑海里开始翻腾着顾警官迟到的原因:塞车?

现在这个时刻并不是特别塞车……地址的错误?顾警官连我账号上的余额都"掌握"了,不可能犯这样低级的错误……家里的紧急情况?我从交谈中听得出他不是那种会因为私事耽误工作的人……唯一的可能是案件的侦破中又有了新的发现。那是对我有利的发现,还是对我不利的发现?……甚至那个最令我绝望的想法也从我的脑海里一晃而过。我想到顾警官也许不仅是已经迟到,甚至可能还会缺席……这样,他应该很快会给我电话,解释失约的原因。不,那原因可能是公安机关的机密,我不需要他向我泄露任何机密。我只要他与我约定一个新的见面时间。我期待着与他的见面。我希望通过见面让他对我有真实和直观的了解。我感觉顾警官是一个值得信赖的人。如果下午不能来了,他一定会给我电话。我绝望地瞥了一眼奇丑无比的电话机。

我对人的感觉当然不是没有出过错。我对我身边的人的感觉都出过错。我指的是我丈夫。最开始的时候,我感觉我们生活上还是能够合得来,尽管我们成长的环境从地理和文化上都相差很远。但是我的感觉错了。从我们婚姻生活开始的第一天起,我就发现我们根本合不来。如果说,我一生中犯过什么大错的话,婚姻就是我犯下的最大的错。我有一天想,错误的婚姻本身就是一个巨大的"空巢"。那是时间填不满的"空巢"。那是懊悔填不满的"空巢"……在我丈夫的追悼会接近尾声的时候,一种从来没有出现过的幻灭感在我内心的深处颤栗。我觉得我根本就没有自己的生活……我觉得自己的一生一事无成。

那天坐在聚会组织者的对面,看着他丑陋又痴呆的面孔,我又遭遇了那种幻灭感。我很清楚那是我们的最后一次见面。哪怕他妻子说希望我常去看他,我也不会再去了。她说的是真话还是假话?他的反应让她感动还是让她沮丧?也许她说的只是无所谓真假的客套话。不管怎样,我都不会再去了。对我来说,那丑陋又痴呆的面孔就是他的遗容,我的探望就等于是向遗体告别。他的妻子说他在痴呆确诊之前的那些年里总是谈起自己和父亲的关系。他说他的父亲是性格异常坚强的人,如果不是因为对他的彻底失望,他是不会在"公私合营"刚开始的时候主动结束自己的生命的。他的妻子说他觉得他们的儿子就是他父亲的鬼魂,他到这个世界上来的目的就是为了报复他自己对父亲的背叛。他妻子的这些话让我对他充满了同情。我甚至觉得我对他的处境也负有一定的责任。那种幻灭感又在我内心的深处颤栗起来。是这颤栗让我在他应该是毫无感觉的手背上拍了两下……天啊,他居然会有那样的反应。我应该怎么理解那不可思议的反应？那天晚上，我的入睡非常困难。我在辗转反侧的时候得出了与他妻子相反的结论。我不认为他的反应说明他有康复的希望。我母亲总是告诉我死人是有恐惧感的。我相信他的反应显示的正好就是一个死人对生命的恐惧。他已经死了。在真实的时间和在我自己的时间里，他都已经死了。我那天晚上在床上辗转反侧的时候就这样想。

我突然意识到应该改变被动的等待方式。我从沙发上站起来。我在客厅里心烦意乱地走动起来。为什么顾警官没有在约定的时间出现？我的步伐就像我的情绪和心跳一样紊乱。而整个"空巢"却回荡着秒针均匀的节奏，就好像是对我的戏弄和羞辱。我突然停下来，对墙上的挂钟投去愤怒的目光。但是，我的愤怒马上就变成了绝望，因为我又看到了分针的位置。我突然觉得自己应该更加主动一点。我决定到楼下去迎候顾警官。我要向顾警官显示我的诚实和诚恳。

我刚走出电梯就注意到保安没有坐在自己的位置上，而是站在大楼的门口，在与小鲁家的保姆说话。他们经常在一起说话，而且身体总是靠得很近，好像关系非常亲密的样子。这是邻居们已经习以为常的场面。不过这次有点奇怪，他们一看见我，马上就主动分开了，而且显得有点紧张。这更加重了我对保安的疑心。我故意装作没有看见他们一样,步伐不变地走出大楼,一直走到了十多米外的车道旁。我一边左顾右盼,猜想着顾警官会从哪边出现,一边用余光观察保安与小鲁家的保姆的动静:他们为什么一见到我就这么紧张?

小鲁家的保姆来自四川西部山区。她已经在小鲁家做了三年,可能是我们楼里最资深的保姆了。她的主要任务是协助小鲁的丈母娘照顾小鲁家快满四岁的双胞胎。在孩子出生后的前八个月里,小鲁家一共换了五个保姆。五个保姆中做得最长的做了三个月,做得最短的只做了两天。邻居们开始对长得眉清目秀的"老六"(这是由老范取出来的绰号)也不看好。没想到她却一口气做了三年,连春节都没有回去过。这让邻居们觉得有点不可思议。

小鲁的工作性质使他在邻居中很受欢迎。他是全城最大的证券公司里的高级分析师。每天下班回家的时候,小鲁都会被一些邻居堵在楼下。他们急切地向他请教大盘的走向和个股的潜力。只有老范对这"近水楼台"不感兴趣。老范大概是在三年前才迷上炒股的。他说他炒股的目的与绝大多数人的都不一样:他不是为了赚钱,而是为了养生。他说自从迷上炒股以来,他的胃口也好了,大便也通了,失眠也少了……而且,我记得有一天他用非常得意的口气告诉我,自从迷上炒股以来,他每天都精力旺盛,有时候早上醒来,甚至会出现"那种年轻人的感觉"(我曾经将他的这句话学给我妹妹听,结果我妹妹对他立刻就有了不好的看法)。那一天从聚会组织者家里回来,我在小区的门口遇见了正要去公园散步的老范两口子。我迫不及待地发出了对老年痴呆的感叹。老范的妻子跟着我一起叹气摇头,而老范却处之泰然。"赶快入市!"老范坚定地说,"炒股是防止老年痴呆的神药。"他的妻子瞪了他一眼,责备他又在胡说八道。"当然,"老范接着说,"如果自己不动脑筋,而是一味听信所谓的专家的误导,就会适得其反,会加快痴呆的速度。"我当然不会被老范的"胡说八道"说动,但是老范的说法多少减缓了我对那种结局的恐慌。

"老六"说的普通话带很重的四川口音,但是她特别好说,就像我的钟点工一样。她不仅经常谈论小区里发生的大小事情,偶尔也会谈论股票行情。她对股票好像有特异功能。有一次一位刚刚入市的邻居根据她的建议买入了一只没有人看好的股票,第二天起那只股票居然连续四天涨停板,这成了在我们小区里被议论得沸沸扬扬的奇闻。有人甚至因此猜测她与小鲁有什么不正常的关系。其实我们楼里的人都知道这种猜测是无稽之谈,因为小鲁是出名的"妻管严",不要看他被邻居们堵在楼下的时候那么趾高气扬,回到家里他就威风扫地了。我倒是觉得"老六"与保安的关系有点不正常。她经常主动找他说话。说话的时候,她不仅靠他靠得很近,还不时对他做出一些我实在是看不惯的动作。我开始并没有特别反感。我甚至以为他们的关系有进一步发展的可能。但是后来我从钟点工那里知道,"老六"其实已经是两个孩子的母亲。她的小女儿比小鲁家的双胞胎只大一岁。这条消息不仅完全改变了我对"老六"的印象,还让我对保安的前途非常担心。我觉得自己有责任提醒脸上还有几分孩子气的保安千万不要鬼迷心窍、误入歧途。

我没有想到"老六"会朝我走过来。如果是在平时,这一点都不会引起我的疑惑。尽管我对她的印象不好,我平时还是经常与她说话,或者应该说她经常与我说话。她总是劝我请一个保姆来照顾自己的生活。她总是说她的一位同乡有多年照顾老人的经验,还与我的性格相合。说实话,我母亲在世的最后那些年,我不是没有动过请保姆的心。但是,我最后还是没有下定决心。主要的原因是我与我母亲的关系进入了一种特别融洽的境界,一个陌生人整天在我们中间忙来忙去肯定是一种破坏。现在,我与"空巢"之间也建立起了融洽的关系。我已经习惯了这种关系。我不愿意一个陌生的第三者来影响这种关系。只要我还有能力照顾自己,我就不会让一个陌生的第三者住进我的"空巢"。

现在我正在等待顾警官的出现,在这种特殊的状况下,看到"老六"正在朝我走来,我当然会充满疑惑。"老六"一直走到了我的跟前。我提醒自己一定不能让她看出我的疑惑。我做出很轻松的样子看着她。我担心她已经知道了我现在的处境。我担心她刚才正在与保安谈论我现在的处境。我担心她走过来就是想问我为什么顾警官还没有出现。谢天谢地,她问的不是顾警官,而是我的钟点工。她问我是不是在等我的钟点工。她的问题消除了我对她的疑惑。我告诉她不是,我不是在等她。"我在等她。""老六"说。我告诉她,我已经取消了下午的安排,她不会来了。"老六"看了看自己的手机,有点不满地说:"她应该短信通知我啊。"

我又朝车道的两边看了看。我不知道顾警官是一个人来,还是跟着他的助手一起来。我不知道他(们)是会穿着警服来还是会穿着便装来。我不知道他(们)会不会开着警车来。我不知道。我甚至不知道他会不会来。

"我可能见不到她了。""老六"接着说。

"你这是什么意思?"我有点紧张地问。我知道她们就是在我们的电梯里认识的。我知道她们马上就在各自的手机上"加"了对方。我知道她们很快就成了每周必见的朋友,无话不谈的朋友。她们一个来自四川,一个来自山东,她们的体型相差巨大,却有同样强烈的好奇心和表现欲。每次看见她们站在一起,我就会想起我和我妹妹的异同。我们的体型好像出自同一个模子,而我们的性格却有很大的差别。

"我明天就要回家去了。""老六"说,"不会再来了。"

"怎么回事?"我费解地问,"你不是做得很好的吗?"

"老六"首先说她想自己的孩子了。但是她马上又说那其实不是真实原因。

"那真实原因是什么呢?"我好奇地问。

"老六"刚想开口又停住了。她往大楼方向看了一眼,说:"我不想让他知道。"

我也朝大楼方向看了一眼。她为什么不想让他知道,是怕他伤心吗?是怕他阻止吗?……在我看来,她的离去对保安并不是坏事。我真是希望那个看上去还很纯洁的年轻人不要鬼迷心窍、误入歧途。

我以为"老六"接着还是会将导致她突然离开的"真实原因"

告诉我。但是,她正好收到了一条短信。她看了一下手机。她皱起了眉头。她说那对双胞胎午睡醒来了。她匆匆忙忙地往回走。她走进大楼的时候都没有停下来跟保安说话。

我又朝车道的两边看了看,还是没有顾警官出现的迹象。我意识到我主动的迎候也同样不会有任何结果。我很失望。为什么?这是为什么?沉重的疑惑压迫着我的心脏:为什么顾警官还没有出现?为什么顾警官还不出现?顾警官会在什么时候出现?……我不想责备自己做错了什么事情。我不知道发生了什么事情。走进大楼的时候,我瞥了呆坐在椅子上的保安一眼。我能够感觉到他对我已经没有兴趣了。我能够感觉到他也挣扎在自己的疑惑之中。"老六"突然离开的"真实原因"究竟是什么呢?

我回家之后先将那两小块红薯在微波炉里打热了一下。然后,我在餐桌旁坐下。我一边嚼着红薯,一边猜测"老六"不想让保安知道的"真实原因"。我想到了一种可能。我想保安可能已经"误入歧途",而他并不知道结果很快就会显形。我不愿意想到这种可能,因为它意味着我的失败。我已经向保安暗示过很多次了。我暗示他千万不要"鬼迷心窍"。我的猜测被一阵憋尿的感觉打断了。那是一种很突然又很急迫的感觉。我从来没有过这种感觉。我的膀胱从来都没有给我造成过麻烦。我放下刚刚拿在手上的第二块红薯,冲向洗手间。都要怪从公安局刑侦大队打来的那个电话,我心想,它引起的恐慌已经改变了我的生理状况:原来没有问题的部位现在有问题了,原来有问题的部位现在问题更严重了。这片面向坏的发展岂不是违背我多年在课堂上讲授的辩证唯物主义吗?洗手间的门被我匆匆忙忙地推开。裤子上的腰带被我手忙脚乱地解开。我如释重负地坐到了马桶上……没有想到,憋得很急的尿并没有马上流出来,而且它最后并不像感觉的那样多,应该说它是滴出来而不是流出来的。这是有生以来,膀胱第一次向我传递错误的信息。我深深地叹了一口气。这错误的信息将我带离了盘旋在思绪里的疑惑,将我带向了已经多年没有触碰过的错误……

我丈夫的悼词上只是笼统地写着他"因患癌症不幸逝世"。只有少数的人知道他患的癌症是膀胱癌。最后他瘦得只剩下一把骨头了。最后的五个星期,我一直在病房里守护着他。那是例行公事的守护。那是没有感情的守护。我的感情已经被我错误的婚姻全部消耗掉了。我很平静。而剧烈的疼痛让我丈夫的情绪总是非常激动。他有时候会骂出很难听的话。他有时候会央求医生和护士尽快了结他的生命。他备受折磨的样子告诉我

"逝世"其实不是一种不幸,它有时候甚至是一种万幸。

二十世纪六十年代初在那家电影院门口遇见聚会组织者的时候,我也已经结婚三年了。我的丈夫是河北邢台地区一个富农家庭里的长子。他在平津战役的后期参加了解放军,然后随军南下。我们城市和平解放之后,他是第一批进城的解放军部队中最年轻的排长。我们在庆祝新中国成立一周年的军民联欢活动中被安排坐在相邻的位置。活动快结束的时候,他问了我的全名和我在革命大学学习的情况。我没有想到,五年之后的一天,他会突然出现在我任教的中学里。他的出现让我感觉非常尴尬,因为他显得对我非常熟悉,而我却已经不记得在哪里见过他了。他说他费了很大的劲才找到了我。他说他正在准备办理转业的手续。他说他来找我的目的是想与我商量他转业之后的去向。"为什么要与我商量?"我费解地问。"因为这……"他有点不好意思地说,"因为这不是我一个人的事啊。"当时我正要去上课,没有在意他说的话,也没有时间说更多的话。他问我星期天有没有时间。我糊里糊涂地说有。他接着问我愿不愿意去古城墙旁边的公园赏花。我糊里糊涂地说愿意。其实我星期天没有时间。星期天我与正在追求我的那位报社的摄影记者约好了,要去南郊的果园拍照。其实我也一点都不愿意去古城墙附近的公园，因为那里的人总是特别多，而且我更不愿意与一个陌生的男人去。但是我去了。我们去了。赏花之后，我们又爬上了正在维修的古城墙。就是站在那里，面对着迷惘的黄昏，俯视着繁忙的街景，他告诉我，转业之后他可以有三种选择：一是去省政府民政厅，一是去省供销合作社，一是去省机械工业学校。他问我认为应该怎样选择。"如果是我的话，我就选择去学校。"我不假思索地说。那果然就成了他的选择。那也成了我们恋爱关系的基石。三个星期之后，我们有第二次约会。他告诉我，他对我是一见钟情。那次军民联欢活动之后，每天早上醒过来，他的头脑中首先出现的一定是我的名字。他又问我对他的第一印象是什么。我坦率地告诉他，我没有任何印象。他笑着说："那总比留下了坏印象要强。"两个星期之后，我们有第三次约会。他表情痛苦地告诉我，他参军的一个重要原因是逃避家庭给他安排的婚姻。他从来没有见过那个比他大五岁的不识字的女人。他哀求他的父亲不要接受那门亲事。但是，他的父亲固执己见，坚持给对方送去了聘礼。他在娶亲的前一天清早离家出走，当天下午在他就读过的县城中学的操场上参加了解放军。他从此就再没有回过家了。当然他知道他的婚礼如期举行，那个连自己的名字都不认识的女人仍然成了他们家的一员。又过了两个星期,我们有第四次约会。我告诉他,我已经明确告诉一直在追求我的摄影记者,自己已经有男朋友了,请他不要再给我写那种文言加白话的信;而他告诉我,他已经写信给他的父亲,要求解除自己与从来没有见过面的女人的婚约,否则他就断绝父子关系。

我们是在"大跃进"运动的前一年结婚的。我们正式的恋爱时间只有五个月。后来我们的孩子们笑话我们说那是"大跃进"式的恋爱。其实,与我最近从韩剧中看到的情况相比,我们那根本就不能算是恋爱。每一次约会的过程中,我们的表现都很拘谨(一直到领取结婚证之后,我们在公园里散步的时候才敢趁对面没有人走过来时悄悄地拉一拉手)。我们在外面说话的时候,好像从来都不会站得像"老六"和保安那样近。在恋爱的阶段,我们对彼此的称呼使用的是最普通的结构:在"同志"的前面加上彼此的姓氏。他是我的"魏同志",我是他的"赵同志"。这既是我们在公共场合下对彼此的称呼,也是我们在最私密的场合下对彼此的称呼。也就是说,这称呼既是尊称也是爱称。后来(我不记得是哪一年了),我们的称呼突然就变了,变成了"老赵"和"老魏",就好像我们只是彼此的同事一样。

从婚姻生活开始的第一天起,我就发现我们其实根本就合不来。夸大一点,我可以说这种"合不来"让我在成家的第一天就有了生活在"空巢"之中的感觉。我们不仅有生活习惯上的矛盾,还有人生追求上的冲突,甚至还有思想品质上的对立。在恋爱的阶段,我被"同志"之间浅表的共识和一致麻痹了,没有太去在意南方人和北方人生活习惯上的差异,根源上的差异。而生活一旦开始,这种差异立刻就凸显了出来。比如饮食习惯吧,他两天不吃面食就会情绪低落,而我一天不吃米饭就好像没有吃饭;还有我不爱吃咸菜,他不能吃辣椒;还有他怎么那么离不开生大蒜子?每次吃过之后,刺鼻的气味要在嘴里滞留两三天,可是他好像若无其事。又比如卫生习惯吧,那是五十年代,洗澡远没有现在这么方便。但是我有从小就养成的好习惯,每天临睡前都会坚持洗脸、洗脚和洗屁股(用我母亲的委婉说法,应该称它为"洗大脸")。他不仅自己没有这种习惯,还嘲笑说那是我的"三光"政策。培养他每天洗脸的习惯还不太困难,但是督促他每天洗脚就有点费劲了,而要求他每天"洗大脸"那就比上天都难了。"那玩意儿有什么好洗的!"他开始总是极不耐烦地抵制。大概两三年之后,他勉勉强强被我同化,但是他坚决不肯接受我先"洗大脸"、再洗脚、最后再洗脸的科学程序。他完全是随心所欲,想先洗哪里就先洗哪里。更可气的是,他还顽固地坚持"一盆制"和"一巾制",始终没有接受我洗不同的部位用不同的毛巾和不同的盆子的合理要求。我不想再举例子了,太多太多了。我经常为这些生活中的细节很不开心。说实话,在最不开心的时候,我的头脑的确闪现过这样的念头:如果与我在一起生活的男人是我们城里最大的绸布店的大少爷,而不是一个北方农村的富农家的长子,我的生活中肯定就会少了许多低级的烦恼。

膀胱传递出来的错误信息将我带向了我不愿意触碰的过去。我沮丧地站起来。在系裤子的时候,我紧张地瞥了一眼便池。刚才滴出来的尿呈浅黄色,这让我松了一口气。我不希望像我丈夫那样看到自己尿的颜色变成了血的颜色。他从确诊到"不幸逝世"只用了五个星期……尿的颜色让我相信我的膀胱没有什么大的问题。但是,这短短的几个小时里自己身体发出的各种错误信息还是让我非常不安。我不想这么拖下去。不管是恐慌还是疑惑对我的身体都会有很大的伤害。我希望整个案件水落石出。我希望全部疑团涣然冰释……可是,顾警官为什么没有在约定的时间出现呢?如果他不出现,我的希望就会落空。我不想这么拖下去。

我走出洗手间。我关好洗手间的门。"空巢"里的光线已经变得昏暗了。这又使我产生了条件反射。我通常都是利用做晚饭前的一段时间来写当天的日记。我坐到了书桌旁的转椅上。书桌上摆放着我的两个笔记本。其中较小的那一个是我的流水账本,记录我每天的日用开销情况;另一个是我的日记本,记录每天发生(或者没有发生)的各种情况,比如便秘的情况,血糖的情况,睡眠的情况,免费保健讲座的情况……甚至接到的一些重要电话,我也会做记录,比如"听到了妹夫的噩耗"。有时候我还会记录下自己和旁人对人生的观察和感悟,比如"'空巢'并不可怕,可怕的是'空虚'";比如"老范'发现'了防止老年痴呆的神药"。

我将手压住日记本,将它拉到跟前。我知道今天要记下的事情太多了。而所有这些事情又其实都不应该记下。它们甚至都不应该发生。我希望有一天我能够彻底忘记这些事情,忘记今天。那一天不应该太晚,不应该晚到我已经痴呆的时候。那种与丧失理智同时发生的忘记没有意义。我要在自己理智还相当健全的时候将今天发生的事情忘得干干净净:什么?什么电话?什么犯罪集团?什么顾警官?什么绝密账号?……只有将这一切忘记得干干净净,我的一生才会像原来那样干干净净。记忆本身就是污垢。对污垢的记忆更是记忆的污垢。我要忘记,而不是记住。我要用忘记来找回自己的清白。我不想等到将来痴呆的时候,我要它马上就发生。我将日记本推开。我不想让今天在日记本中留下痕迹。

但是我马上又想到,一个没有留下痕迹的日子反而又会成为痕迹最深的日子。也就是说,忘记可能不是对记忆的否定,而是对记忆的强化。这无处不在的辩证法!如果日记本上有一个空白的今天,我肯定会知道它意味着什么。这就像顾警官的"还没有出现"比顾警官的已经出现会更令我恐慌一样。也许应该有选择地记录一些事情(那些与公安局的电话无关的事情),比如经久不散的雾霾,比如"老六"的突然离开……这时候,一阵新的焦虑穿过了我的疑惑。我突然想,是不是我的转账并没有成功,比如它半路被犯罪分子截获,这才导致了顾警官的"还没有出现"?中午完成转账之后,我不敢多问,马上就离开了柜台。我突然觉得有必要去银行查询一下。我走到客厅,看了一眼墙上的挂钟,我显然已经来不及去购物中心的银行了,但是我还有时间去小区正门边的银行查询。

保安与我刚才看到的时候一样,他还是没有注意我,他似乎还是在自己的疑惑中挣扎。我也没有去想他和"老六"的事情。我急匆匆地往银行赶。赶到银行的门口,离关门的时间还有十分钟,银行新来的保安却说下班的时间已经到了,想阻止我进去。我没有理睬他,直接朝一个没有顾客的柜台走去。那里大部分的工作人员对我都非常熟悉也都非常客气。我以前对他们不会有任何的戒备,但是今天不一样,顾警官关于"内鬼"的提醒已经铭刻在我的心里,我提醒自己丝毫不能放松警惕。柜台后面的小姑娘不属于对我非常熟悉的那些人,她是上个月才从外地调来的。我第一次与她打交道的时候就注意到她右颊上的那一块很明显的烫伤痕迹。那会不会就是"内鬼"的标记?我告诉她,我只是想替一个行动不方便的邻居问一个问题。"什么问题?"小姑娘问。我能够听出上了一天班,她已经非常疲惫了。我问能不能查到转账出去的钱是否已经到账。"那只能由对方查。"小姑娘说。我又问钱会不会在转账的过程中丢失。"绝对不可能。"小姑娘说,"除非你的账号写错了。"我会写错账号吗?我又被疑惑惊吓了一下。上午对着小雷的电话号码按,我还按错了两次啊。但是我马上就想起来了,账号是银行的人为我填写,我自己也很镇静地核对过,不会出错。我又问转账的钱需要多长的时间才可以到账,我特别强调了是异地账户。"马上就到了。"小姑娘说。"马上是什么意思?"我紧张地问。小姑娘显得有点不耐烦了。"马上就是马上的意思。"她说。不知道为什么,我突然希望它不是那个意思,我突然希望它还在路上。小姑娘问我还有没有其他的问题。"马上……"我绝望地问,"就是说中午转出去的钱现在肯定已经在对方的账上了?"没有想到,小姑娘"马上"会给出一个令我更加绝望的回答。"现在是不是还在那我就不知道了。"她一边关着电脑,一边心不在焉地说。"你这是什么意思?!"我用责备的口气说。我觉得她是在故意羞辱我。"当然不知道了。"小姑娘说,"对方可能又已经把钱转到别的账号上去了啊。"这怎么可能?! 我极度不安地想。"这怎么可能?"我极度不安地说。"怎么不可能?!"小姑娘说。"那是我的钱啊,"我极度不安地说,"他们怎么可以随便将我的钱转走!"刚说完,我就意识到自己说漏嘴了。我是来"替一个行动不方便的邻居"问问题的,怎么突然又变成"我的钱"? 好在小姑娘没有注意到我的漏洞。"怎么不可以呢?"她说,"你想想,如果你女儿将一笔钱放到了你的账号上,你是不是也可以将它转到另外的账户上去?"这是怎么回事? 她怎么好像也已经掌握了我的动向。又一阵恐慌向我袭来。又一阵疑惑向我袭来。这是怎么回事? "转出去的钱就像是泼出去的水。"小姑娘接着说。我绝望地看着她。"这又是什么意思?"我绝望地问。我有太多的疑惑了。怎么突然之间所有的人都在引发我的疑惑?"你不知道'泼出去的水'是什么意思吗?!"小姑娘最后不耐烦地说。我不敢再多问什么了,越问我的疑惑就会越多,越问我的心里就会越空。

我是最后离开银行的顾客。在我朝门口走的时候,银行的保安将卷闸门放下了一大半。我觉得那是他对我刚才没有理睬他的报复。我不想与他计较。我弯下腰,从卷闸门下钻出银行。可能是弯腰的动作太急太大,重新站直之后,我感觉腰部有点酸痛。我没有马上走开。我一边按压着腰部,一边看着卷闸门慢慢垂落到地面。冷冰冰的卷闸门!我突然又感到了自己与世界之间的对立,就像面对着名牌店琳琅满目的橱窗一样。顾警官为什么没有在约定的时间出现呢?我好像是在对将我与世界隔开的"门"提问。"门"将我与世界隔开,却没有隔断我对世界的疑惑。我的身体和心情都非常沉重。我想回到自己的"空巢"里去,尽管我知道,"空巢"也无法隔断我的疑惑。

酉时(下午五点到晚上七点)

我相信我的"空巢"不属于外面的世界。我相信我的"空巢"对立于外面的世界。但是,通过一条细小的电话线,它却遭到了世界的入侵和蹂躏。想起来,入侵者的武器其实非常原始:就是词,就是句子,就是语言。"已经卷入了犯罪集团的活动"等等完全不应该与"我"沾边的句子和词语让我的"空巢"门户大开,让我的一生惨遭蹂躏。我的"现在"因为这入侵和蹂躏变成了一片废墟。我的疑惑络绎不绝:为什么接听绝密电话的公安人员态度那样冷淡?我的存款现在还在不在绝密账号上?当然还有顾警官,为什么他没有在约定的时间出现?他会在什么时候出现?或者他还会不会出现?……我绞尽脑汁寻找这些疑惑的答案,就像是一只在废墟里翻找食物的野猫。

我感觉自己越来越虚弱了。我感觉自己的脚不是踩着实实在在的地面,而是踩着摇摇晃晃的海绵。我好像正挣扎在生与死的边缘。前方小路拐弯处的那张椅子给了我一线希望。我坚持着走到了那里。我放肆地坐了下去。但是非常奇怪,我仍然感觉自己的身体在摇摇晃晃。我用手抓紧了椅子的扶手。我想起了那一天凌晨我也是同样的虚弱。那是我第一次经历自己的"终夜"。我在半醒半睡的状态中听到了我丈夫的耳语。他问我是不是想去看一眼我们的孩子。"看最后一眼。"他补充说。那耳语就像是从窗缝里漏进来的一阵寒风。他搀着我穿过危重病房昏暗的走廊。我知道那就是生与死的边缘。医生已经决定放弃了。我们已经决定放弃了……我趴在她的病床边,看她最后一眼。那是生离死别的时刻,我们之间的"门"即将关上又还没有关上。她突然笑了,笑得那样骄傲。我知道,那不是对生的笑,那也不是对我的笑,那是对死的笑。

"还过两天她就要满月了。"我丈夫低声说。

我知道"两天"和"满月"对她和对我们都是不可企及的目标。但是,她骄傲的笑驱散了我的忧伤。"她是天使。"我用充满感激的声音回应说,"时间对她没有意义。"我没有将脸侧向我的丈夫。我怕错过了"门"突然关闭之前的天机。

是的,我对她充满了感激。我感激她让我在成为"女人"之后第一次停经;我感激她在黑暗的深处与我长达十个月的相处;我感激她引发的分娩的剧痛和神奇;我感激她带来的乳汁,那是生命洁白无瑕的见证;我感激她的吮吸,那虚弱不堪的吮吸,那令我心碎的吮吸……我甚至感激她的"夭折",她要让我敬畏我自己的命运。突然,她骄傲的笑像气一样散开了。一阵晕眩向我猛击过来,顷刻间击碎了我的神智……我绝望地抓住幼儿病床的护栏,就像是抓住了摇摇晃晃的船舷。

醒过来的时候,我发现自己又躺回到了自己的病床上。我看见我的丈夫将孩子的死亡证明放进了他的公文包。我咬紧了嘴唇。我不想问什么。我什么都不想问。我也没有再看见过那张薄薄的死亡证明。我知道那上面记录着我为她选好的名字。

我知道新生儿肾前性肾功能衰竭是那上面记录的死亡原因。但是我不知道那上面记录的死亡时间。我永远也不想知道。我不是法医。我是天使的母亲。时间对天使没有意义。

也许我根本不应该成为母亲,因为所有的算命先生都算出我母亲是"白发人送黑发人"的命。他们当然是算错了。但是,他们一致的结论影响了我们家三代人的生活。我母亲直到生命的最后那一个月还相信我会走在她的前头(尽管我早已经不是"黑发人"了),还在担惊受怕。而"白发人送黑发人"从来没有被算成是我的命,却成了我的命。应该说我的厄运更难以接受,因为孩子离开的时候,我自己还是黑发人,而她是头发还没有长出来的人。所以我什么都不想问。我不想知道她的死亡时间。我不想知道她的骨灰被埋在哪里。我什么都不想问。我只想默默地与她留下的空白相处。我记得出院之后,我给我母亲写过一封感情冲动的信。我在信中写道,那空白是无法弥补的,不管我今后生多少孩子,它也是无法弥补的。现在想来,那深不可测的空白就是我"空巢"生活的发源地。

我不愿意与包括我丈夫在内的任何人谈论那深不可测的空白。它将两个永远都会让我内疚的疑惑与我的生命焊接在了一起:在这五十多年里,我一直不停地问自己,为什么这样的厄运会降临到她的身上或者我的身上？作为一个身体上有不少先天不足的母亲,我究竟要为那肾功能衰竭负多大的责任？

突然出现在我跟前的老范让我从这些疑惑中挣脱出来。老范又提到了我的气色。他说我的气色看上去比中午还要差。我告诉他房颤的症状突然又都出来了。老范将他的右手放到了我的左肩上,问要不要他送我回家。我紧张地将他的手推开。接着,我环视了一下四周。这要是让"老六"看到就糟了,我心想。老范现在也可以算是一个真空的"空巢"老人了(他已经有上十年没有与他妻子一起去过美国了,据他自己说是因为与性格古怪的洋女婿合不来)。他刚才的举动很容易被"老六"炒作成"绯闻"。

我的反应并没有将老范完全制止。他居然也坐到了椅子上,坐在我的左侧,并且马上用右手拍了拍我的左腿。这让我感觉更加紧张。我将他的手推开之后,将身体往右移远了一点。老范深深地叹了一口气。他不是因为我的冷淡而叹气。他是为他自己刚出的事而叹气。"你说我应该怎么办啊?"他问。我从来没有看见过老范这么愁眉苦脸的样子。我用同情的目光看着他。他说他中午的时候因为要赶着与他妻子在电脑上通话,也是在购物中心的门口坐出租车回来的。"那是我一生中坐的最贵的一次出租车。"他说。我想起了刚才与我谈论父子关系的出租车司机。"什么叫最贵的出租车?"我心不在焉地问。老范沮丧地说,他将刚从银行取出的五千元现金忘在车上了。他说他每次坐出租车都是会要车票的。可是刚才的出租车司机告诉他,车上的打票机坏了,不能够给他出票。"肯定追不回来了吗?"我着急地问。"还怎么追啊。"老范肯定地说,"那就像是泼出去的水一样。"我浑身一抖。我不敢相信自己的耳朵。"你说像什么?"我不安地问。老范笑了笑,没有重复他刚才的比喻。"其实我是想得通的人,"他说,"钱是给人用的,谁用都一样。我这也不是第一次丢钱了。"可是我想不通:我想不通顾警官为什么没有在约定的时间出现。我想不通公安人员为什么对我转账成功的反应那么冷淡。我想不通。我想不通今天发生的所有事情。老范说,现在困扰他的不是"已经"丢钱的问题,而是还"要不要"丢脸的问题。他的意思是他不知道要不要将这件事向他妻子"坦白"。他说刚才他们通话的时候他什么也没有说,可是他又不想一直瞒着她。他让我给他拿主意。

我羡慕老范还有这种两难的顾虑。这说明他还不是真空的"空巢"老人。我也多么想要有一个人能让我有这种顾虑啊。我的生活中从来就没有一个这样的人。我丈夫即使还没有过世,也不会是这样的一个人。"如果是我的话,我就告诉她。"我肯定地说。

"可是她一定会骂我的,用很难听的话。"老范说,"那会让我觉得很丢脸。"

"这样的事你不说给她听还能说给谁听呢?"我说。

"我这不是说给你听了吗?!"老范说。

我又将身体往右靠了一点。这是我对他的提醒。

老范尴尬地笑了笑。"说给谁听都不能说给她听。"他说。

"可是你又很想说给她听。"我说,"其实你最想的就是说给她听。"

老范用吃惊的目光看着我,好像我以前从来没有说过有道理的话。但是,他马上又摇了摇头。"她一定会骂我的。"他说,"用很难听的话。"

"也许她这次不会。"我说。我不知道自己为什么会这么说。

"她一定会的。"老范说着,站起来,叹着气走开了。走了几步之后,他又突然停下来,回头问要不要他陪我一起回去。我知道自己现在这种情况下很需要人的陪护,但是我绝对不能让他陪。我不愿意被邻居们看见。我撒谎说我现在还不想回去。现在起了一点风,我撒谎说我想在外面多坐一会儿。

看着老范的背影,我的头脑中不停地翻转着"泼出去的水"。为什么在这么短的一段时间里这一老一小的一男一女对我使用了同样的比喻?这恐怖的疑惑剧烈地摇晃着我的身心。这是多么奇怪的一天啊:它的每一秒钟都好像隐藏着无限的杀机。所有的人都好像在隐射我备感羞辱的处境。我已经没有一点力气和勇气继续坐下去了。我必须尽快回到我的"空巢"中去。我要躲回到我的"空巢"中去。可是我站不起来。我前后张望,希望有人能够帮我一下。我看到了正朝这边走来的小于。我着急地对他挥起了手。

小于是一家新技术开发公司的业务代表。大概是三年前,他在菜市场的门口拦住我,向我推销他们公司推出的"多功能转换盒"。他说只要装上了这种转换盒,我就可以使用他们公司的长途电话线路,那比我现在使用的要便宜多了。他还说他们公司还代理客户的电话费业务。我可以一次性将一笔钱预存到他们为我开设的电话费账户上,公司每个月会为我自动结算,这样就可以省去每个月都要去银行交电话费的麻烦。他还说他们免费上门安装,而且前两个月还有电话费八五折的优惠。我根本就记不住转换盒的那些功能和他们公司的各种优惠。但是,我喜欢小于那种周到和诚恳的态度,当场就决定购买他推荐的产品。当天下午,小于就来为我安装了转换盒。我用了多年的电话机让他皱起了眉头。他建议我利用这个机会也将我的电话机淘汰掉。他已经周到地将新电话机也带来了。那也是他们公司刚开发的新产品。因为我购买了转换盒,电话机也可以享受八五折的优惠。全部装好之后,小于让我打一个长途电话试一试通话的效果。我喜欢他这种认真负责的态度。我给我妹妹打了电话。我告诉她我正在测试新的电话机和转换盒。我妹妹提醒我听起来好像有点杂音。我也觉得声音的质量不如原来的那么清晰。"刚开始都会这样,万事开头难。"小于说,"以后慢慢习惯就好了。"接着,小于开始向我解释合约的内容。那对我还是太复杂了,就像保险单的内容一样。我听不懂,也没有心思听。"我相信你就好了。"我说着,直接在合约上签了字。那天小于在准备离开的时候,还劝我要买电脑和上网。后来的几年里他也不停地劝说。他说他可以全部为我买好装好,并且办好一切相关的手续,我只要坐下来,按一下开机键就跟上了时代的步伐。"电脑就像宠物一样,是家庭中的一员。"小于说,有了它,我就不再是"空巢"老人,就不再会感到寂寞。我一直没有接受他的这一劝说。这是我的底线。我守住了我的底线。

　　小于也很快就看到了我。他快步走到我的跟前。他说正好又有新产品要向我推荐。我请他扶我站起来。他不仅扶我站了起来,还一直将我扶到了大楼的门口。一路上,他用责备的口气提醒我不舒服就不应该出门,在外面摔倒就麻烦了。他的责备让我感动。但是,我不敢像平时那样与他说话。平时与他说话,我放得很开。我们可以说是无话不谈。小于的嘴很甜。我记得第一次与他谈起我的孩子们的时候,他就亲切地称他们为"大哥"和"大姐",就好像他是我们家庭中的一员一样。我喜欢他的甜。很快,我也不再称他们是"我儿子"和"我女儿"了,他们成了"你大哥"和"你大姐"。小于经常会问起"大哥"和"大姐"下次什么时候回来,他说他很想认识他们,向他们学习。"正好相反,他们应该向你学习。"我告诉他,"他们连你一半的体贴都没有。"

我不敢像平时那样与他说话。我怕他听出我的恐慌。我怕他听出我的疑惑。我对他推荐的新产品的反应也与平时不同。小于他们公司这次开发的新产品用到了德国最新的传感技术。小于说只要再加两百元,他马上就可以为我的电话机完成这最新的升级。这三年里,我不记得小于已经为我完成过多少次升级了。我从来没有拒绝过他为我升级的要求,我不好意思拒绝,尽管我知道我根本就不会使用那些我听都听不懂的新功能。而且每次只要他提出来,我差不多都是马上就同意。但是,这一次我没有马上同意。我说今天我很累了,想早点休息。这只是原因之一。另一个原因是我仍然惦记着顾警官。我刚才准备从椅子上站起来的时候想到他没有在白天出现很可能是有安全上的考虑。也就是说,他有可能会选择在天黑之后出现。小于一点也没有勉强我。"那我明天再来吧。"他说,好像我已经同意升级的要求。我说明天也不行。如果顾警官今天晚上也没有出现的话,我的明天就会像今天一样充满着悬念,我也不能做任何的安排。

小于显然还准备将我一直送到家里。但是在大楼的门口,我说我已经没有问题了,可以自己上电梯了,示意他不要跟着我进去。我说,过几天会给他电话,让他来完成最新的升级。我注意到保安还是面无表情地坐在那里。我估计他还在猜测"老六"突然要离去的"真实原因"。我走到他的跟前,问他是不是有人找我。他肯定的回答让我浑身一惊。我还没有来得及问下一个问题,保安向后侧着身体从一堆快递邮件里抽出一个邮包递了过来。为什么顾警官还没有出现?他会不会在今天晚上出现?我扫兴地接过邮件。我对它来自何处毫无兴趣。

刚走出电梯,我就听见了"空巢"里的电话铃声。我手忙脚乱地打开防盗门和房门。应该是顾警官的电话,应该是他解释他为什么没有在约定的时间出现的电话,应该是他要我晚上在家等他的电话……我激动地拿起话筒。电话里传来的声音让我又立刻跌回到了情绪的底部。那是我妹妹打来的电话。她问我是否已经收到了她为我网购的老年保健内裤。我瞥了一眼手里的邮包,说收到了。"舒服吗?"她兴奋地问。我说我刚收到,还没有拆开。我妹妹要我马上打开看一下,先看看颜色和手感怎么样,她说她急着想知道。她叫我不要挂断电话。我将话筒放到沙发上,拆开了邮包。"颜色有点太艳了,像是给年轻人穿的。"我回复说,"手感还不错。"我妹妹接着又敦促我赶快买电脑和上网。"有了网络真是太方便了。"她兴奋地说,"现在什么东西都可以在网上买到,根本就不需要再去商店了。"

算起来,我妹妹应该已经有将近十年的网龄了。她第一次上网搜索就搜到了一位失散多年的朋友。这让她对网络的魔力崇拜得五体投地。她现在每天都要在网络上消耗大量的时间。她每次来电话都要向我发布一些新闻联播里不会发布的"新闻"。那大多是危言耸听的"新闻"。那大多是会迅速引起我的不良生理反应的"新闻"。我经常会打断她的发布。我会对她说我现在已经够难受的了:出门吸入的是雾霾,进门面对的是"空巢"。物价每天都上涨,记忆每天都下降。加上血压长年都不稳,血糖时刻都失控,还有房颤消不去,屎尿出不来……我哪里还有精力去消化那些负面的"新闻"啊。我顽固的抵制经常会令我妹妹长叹一口气。"现在网络就像我的空气和水,"我妹妹说,"离开它我根本就活不了。"而我告诉她,网络对我的作用应该"正好相反":网络一旦侵入我的"空巢",我恐怕就活不成了。

我是连手机都不愿用也用不好的人,上网对我实在是不切实际的要求。有一天,我看到报纸上的一篇文章将"空巢"老人分为两种类型:一是"与时俱进"型,一是"固步自封"型。我这个传统和保守的人当然是属于后一种类型。我仍然喜欢从报纸和电视上获取信息,我也相信从报纸和电视上获取的信息。不过这些年来,我也开始从其他的渠道获取有用的信息,比如小雷负责组织的那些免费保健知识讲座。我最新的医学和保健知识都是从那里学来的。从这一点上看,我其实也还是有一点"与时俱进"的味道的。

我妹妹好像还有很多话想说。可是我感觉非常疲惫,不想再交谈下去了。这时候,我妹妹突然要我拿出纸和笔来,她说她的邻居已经将那个治疗便秘的秘方传给她了。

我深深地叹了一口气,说我刚进家门,连尿还没有来得及撒,还是下次再记吧。

"你今天是怎么回事?"我妹妹说,"我怎么觉得你好像有点不太对劲。"

我不知道她是怎么觉得我"好像有点不太对劲"的。我没有回应她的这种感觉。"便秘已经不是我的主要矛盾了。"我说。

"你昨天还说是,"我妹妹说,"怎么今天就说不是了?"

"事物是不断发展变化的。"我用教科书上的话回答说。

"那今天的主要矛盾是什么?"我妹妹追问。

我有点后悔自己引起的话题。我犹豫了一下之后说:"以后会告诉你的。"

我的回答没有让我妹妹满意。她问我为什么一定要等到"以后"。

"我还没做晚饭呢。"我说,"我真的不能跟你再说了。"

我妹妹没有再坚持。她抱怨说我们这种不上网的人就是没有时间观念,什么事都要等到"以后"。说完,她挂断了电话。

我没有马上去做晚饭。我的脑子很乱。我的心很累。我走进卧室,躺倒到床上。这是我第一次外衣都不脱就躺倒到床上。"泼出去的水","泼出去的水",银行的小姑娘和老范的声音在我的耳边不停地交替着出现,就如同一台要将我绞碎的机器。我当然知道他们的意思是什么。我知道在顾警官出现之前,我不可能再有关于我自己的那笔存款的消息。但是我并没有他们那么绝望。我并不认为那笔存款不再是我的存款了。不过一个突然的想法让我又恐慌起来：如果我女儿或者我儿子在我向顾警官查清楚存款的下落之前提出要用他们的钱怎么办？我要不要将今天发生的事情告诉他们？

我很快睡着了一下之后又被一些或真或假的嘈杂声拉回到了半醒半睡的状况。我首先听到的是放学的孩子们在楼下的喧哗以及保安阻止他们破坏树木的叫喊。接着，我好像听到老范的妻子在当着很多邻居们的面责备老范的过失："你除了会胡说八道之外，再也没有其他的本事了。"她大声说。我觉得老范的妻子不应该让老范这样难堪。但是，老范自己好像并没有生气。我听到他慢条斯理地回应说："你不要学着我的样子胡说八道。"

邻居们的笑声差一点压过了我非常熟悉的脚步声。准确地说，那不是脚步声，而是鞋底与地板的摩擦声。我母亲最后那一年走动的时候脚已经不怎么抬起了。我喜欢那短促的摩擦声。我需要那短促的摩擦声。我对着客厅轻轻地喊了一声。

我母亲走到了卧室的门口。"是我。"她回答说。

"我有许多的疑惑。"我说，"我有太多的疑惑。"

"不要责备自己。"我母亲说,"永远都不要。"

"我又看见了她。"我说,"我不知道自己到底要为她的夭折负多大的责任?"

"不要责备自己。"我母亲说,"那不是你的错。"

"可是我又看见她了。"我说。

"夭折的孩子是最孝顺的孩子。"我母亲说。

我颤栗了一下。我觉得我母亲说出了母亲最深的恐惧和绝望。

"我一直以为我会有一个最孝顺的孩子。"我母亲接着说,"没有想到……"

她咽下去的话让我充满了负疚感。

"原谅我。"我说。

"我从没有责备过你。"我母亲说,"我不会责备你。"

"原谅我。"我说。

"我只是有点好奇,好奇你究竟得到了什么。"我母亲说。

"原谅我。"我说。

"你看你姨妈家的孩子们,他们没有一个像你那样害怕。"我母亲说,"他们把你姨妈接到了城里,轮流照顾。"

"原谅我。"我说。

"我一直以为你永远都会需要我。"我母亲说。

"我现在比任何时候都更需要你。"我说。

"所以你看到了我。"我母亲说,"其实我从来就没有离开过。"

"我真的没有想到'空巢'这个词早就已经出现了。"我说。

"其实更早。"我母亲说,"那并不是你疯舅舅的发明。"

我恐慌地坐了起来。我知道那个关于"空巢"的故事还没有完。"他到底是怎么疯的?"我冲动地问。这是我多年的疑惑。这是我一直不敢去寻找答案的疑惑。

"其实他也可以算是一个夭折的孩子。"我母亲说。

"他到底是怎么疯的?"我充满疑惑地问。

"他当时在上海读大学,学的是物理。"我母亲说,"他本来是一个前途无量的学生。"

"真没有想到。"我说,"我看到他的时候,他就已经是我的疯舅舅了。"我迷惘地看着我母亲。"真没有想到他还有'前途无量'的过去。"我接着说。

"可是他在三年级的时候开始结交一些社会上的朋友,其中就包括那个左翼的文艺青年。"我母亲说,"那一年暑假,他带着那个文艺青年回家来住过两个星期。那时候,我正好也住在你外婆家。我已经怀着你了,强烈的妊娠反应期刚刚过去。"

我着急地等待着故事的继续。

"两个年轻人可以说是形影不离。他们一天里的大部分时间都在竹林深处的凉亭里度过。他们在那里读书写作、谈天说地。"我母亲说。

我想象不出我母亲怀着我的时候是什么样子。

"有一天,你舅舅还将文艺青年刚写好的一首新诗拿给我看。"我母亲说。

我母亲是只在私塾里受过传统文化教育的传统女性,我想象不出她对新诗会有什么感觉。

"那是我读过的最颓废的诗歌。"我母亲说。

她的评价令我疑惑。一个充满革命激情的左翼文艺青年怎么会写出"最颓废的诗歌"?

"诗的题目就叫'空巢歌'。"我母亲说。

我觉得这有点难以置信。"叫什么?"我不安地问。

"'空巢歌'!"我母亲说,"这题目本身就很颓废。"

我怎么也不会想到标志我现在身份的词是一个左翼文艺青年的发明。

"这就是'空巢'这个词在我们家族里的起源。"我母亲说。

我感觉我母亲的故事还没有结束。我感觉她还记得那首《空巢歌》的内容。

"那一年离开我们家的时候,文艺青年特意抄了一份《空巢歌》送给我。"我母亲说。她还记得那个左翼文艺青年的小楷写得非常漂亮。她一直将那份漂亮的手迹收在衣柜中间的抽屉里,与各种契约放在一起。如果不是突然被土改工作队"扫地出门",她可能现在还保留着它。说到这里,我母亲突然哼起了那首《空巢歌》:"子宫是空巢,坟墓是空巢/生命是空巢,死亡是空巢/记忆是空巢,想象是空巢/孩子是空巢,老人是空巢/时间是空巢,世界是空巢/语言是空巢,沉默是空巢/思想是空巢,梦想是空巢。"

不断重复的"空巢"让我感觉非常颓废。"其实这是一首可以不断地写下去的诗。"我说。

"我当时也是这样告诉你舅舅的。"我母亲说,"他说他也这样看。他说这就像'空巢'是无边无际的一样。"

"这真是一首很颓废的诗。"我说。

"我本来就很担心他们之间的关系,我觉得那是一种很颓废的关系。"我母亲说,"这首诗当然就让我更加担心了。"

"你应该将你的担心说出来。"我说。

"我告诉了你外婆。但是她只是无可奈何地说了一句'随缘吧'。"我母亲说,"她说那不是我们能够改变的。"

我外婆的态度说明她其实也已经注意到了她儿子与那个左翼文艺青年的关系"很颓废"。

"那一年的秋天,那个文艺青年在法租界的外面被一伙人绑架。"我母亲说,"几天之后,报纸上就登出了他被秘密处决的消息。"

"天啊。"我低声地感叹说。

"他是从报纸上读到那则消息的。"我母亲说,"他马上就失去了理智。"

"我的疯舅舅。"我伤感地说。

"我们在上海的亲戚将他送回来之后,他直接就躲进了宅院尽头的那间小杂屋。后来那里就成了他自己的房间,他的'空巢'。"我母亲说。

"那是小孩子们觉得最可怕的地方。"我说。

"我知道他为什么要躲在那里。"我母亲说,"从那里唯一的窗口可以看见竹林里的凉亭。"

他没有完全失去理智,我心想,他还在怀念那"很颓废"的关系。

"谁也没有进过他的'空巢',"我母亲说,"他不许任何人进去。"

"我永远也不会忘记你想用竹竿捅开那'空巢'的样子。"我说。

"我那只是做做样子。"我母亲说。

"我觉得你是真生气了。"我说。

"土改工作队却不是做样子。他们也要将他'扫地出门'。"我母亲说。这是她后来听我外婆说的。"他们用枪托猛击那房门的时候,你外婆跪在地上哀求他们,哀求他们给自己早已经失去理智的儿子一个安生之所。"我母亲继续说,"他们根本就不理睬她。他们终于将反锁的房门撞开了。"

我想象着他蜷缩在气味很重的床角不停地哆嗦的样子。"他一定吓坏了。"我说。

"没有。"我母亲说。

"没有?"我充满疑惑地重复她的话。

"他没有在里面。"我母亲说,"那是一个真正的'空巢'。"

"这是怎么回事?"我充满疑惑地问。

"没有人知道。"我母亲说,"房间的门是反锁着的。那个朝向竹林的窗口也只有一个碟子那么大,他不可能从那里钻出去。"

"疯舅舅最后下落不明?"我充满疑惑地问。

"是啊,下落不明就是他的下落。"我母亲说,"土改工作队的人恼羞成怒。他们将你外婆关了起来,要她交代你疯舅舅的下落。他们关了她一个星期,当然没有任何结果。"

我还有更多的疑惑,比如疯舅舅是从报纸上看到文艺青年被秘密处决的消息的,可是那一天他对我说报纸上的话都是谎言,这两件事情之间有什么联系?又比如充满革命激情的左翼文艺青年怎么同时又会那样的颓废?他是因为颓废才革命,还是因为革命才颓废?还有,那个文艺青年已经写出了"死亡是空巢"的诗句,在面对行刑队的时候,他会有什么样的心情和什么样的表情?……络绎不绝的疑惑被好像很急迫的电话铃声打断。我拿起放在床头柜上的子机。

居然又是我妹妹的声音。她先问我吃过晚饭没有。我告诉她还没有。"你刚才不是说要去做晚饭吗?"她有点不满地问。我说我发现自己其实还不想吃饭。我妹妹说她又打电话来是因为刚才觉得我"好像有点不太对劲"。她说她现在还是有这种感觉。她问我是不是出了什么事。我有点惊诧她的感觉,但是我提醒自己绝不能松口。今天发生的事情绝不能让我妹妹知道。

她只会像对待网络上的那些奇闻异事一样对待我的遭遇。或者说她只会关注，不会关心。"关注"和"关心"是重量不同的词："关心"重如泰山，"关注"轻如鸿毛。

与我妹妹相反，我母亲对我充满了关心。从七十多年前她用竹竿追打疯舅舅的那一天开始，直到现在，直到将来……她说她从来都没有离开过。我相信她的激情。我相信她的固执。她的关心甚至连死亡都无法夺走。我同样相信她从来就没有责备过我。她甚至没有因为我的那个毁灭性的决定责备过我。那是我三十岁生日之后不久，新的政治运动又迫在眉睫了，我和我丈夫的领导相继找我谈话，要求我划清与剥削阶级家庭的界限。我其实有很深的疑惑。我想问，十多年前，在土改的高潮，我父母已经被"扫地出门"了，他们的生活状况和社会地位现在连一个普通的农民都不如了，为什么还要将他们算成是"剥削阶级"呢？但是我没有问。我没有问。经过那么长时间内心的痛苦之后，我终于给我父母写下了那封令我内心永远痛苦的信。

在我接起电话的一刻，我母亲就已经从卧室的门口消失了。我很不高兴这毫无意义的电话打断了关于"空巢"起源的神奇谈话。我还有那么多的疑惑：关于那个左翼文艺青年，关于绑架和秘密处决，关于报纸和谎言，关于颓废与革命，关于疯狂，关于夭折……我不想告诉我妹妹今天发生的任何事情。我撒谎说,我没有什么,只是刚才突然又出现了房颤的症状。"我能够感觉到你有点心神不定。"我妹妹说。"没有关系,"我说,"安静一下就好了。"

我的精神状况和身体状况的确都比刚才从银行回来的路上好多了。我甚至有了一点饥饿感。放下电话之后,我马上就下床,朝厨房走去。但是在厨房的门口我迟疑了一下,就好像自己即将进入的是一个陌生的空间。厨房本来是这"空巢"之中最让我感觉亲近和放松的地方。它不像洗手间和卧室那样与便秘之痛和失眠之苦紧密相联。我平时每天都会在厨房里消磨许多的时间。哪怕在那里做一点简易的泡菜(比如用酱油泡一点生姜或者用白醋泡几片萝卜),我都会感觉非常充实。但是今天我几乎没有在厨房里消磨时间。今天是我一生中最特殊的日子,比那狂喜的"初夜"还要特殊,比那充满感激又充满自责的"终夜"还要特殊。今天我经历的时间都是混乱的;今天我进入的空间都是陌生的。

我没有被陌生的感觉阻止,因为我的饥饿感已经非常明显。我甚至想吃点口味很重的东西。打开冰箱,我首先看到了早上买的胡萝卜和一小块瘦肉。我想起了原来计划在中午做的菜。

但是我还想吃点口味很重的东西。我弯下腰去,看到了放在冷藏室上层的那个包得很严实的塑料包。我摸了摸它,立刻就对餐桌上的第二道菜有了想法。

  我的菜做得不慢,但是我吃得很慢。平时,我不仅会赶在七点以前将晚饭吃完,还会将厨房也收拾得干干净净。这是远在"空巢"生活之前就已经形成的习惯,因为我总是想踏踏实实地坐下来看七点的新闻联播和随后的天气预报。今天是最特殊的日子,特殊到我对多年形成的习惯都失去了感觉。我一边慢慢地吃着,一边还在琢磨顾警官没有出现的原因。如果他今天不出现的话,至少也应该给我一个电话,安排好明天见面的时间,否则我在这最特殊一天的晚上绝不可能睡好觉。我正想着,突然好像听到有人在轻轻地敲击我的防盗门。我停止嚼咽,仔细听了一下,是真的有人在敲我的防盗门。我下意识地回头看了一眼墙上的挂钟。正好是新闻联播要开始的时间了。我又惊又喜又怕。

戌时(晚上七点到晚上九点)

  我又惊又喜又怕。我放下碗筷。我推开洗手间的门。我匆匆洗干净手。我的嘴唇在微微地颤抖着,而我的嘴里却念念有词。一开始我并没有注意自己在念什么。到了擦手的时候,我才突然意识到自己念的是"顾警官顾警官顾警官……"

我拉上洗手间的门之后又仔细听了一下。我希望敲击防盗门的声音还在,又希望它已经消失。它还在,还是像刚才那样轻。我环顾了一下客厅,除了餐桌有点乱之外,没有什么其他的问题。我已经没有时间收拾餐桌了,我想顾警官能够理解。这是我一生中最特殊的一天。如果是平时,我早就已经吃过晚饭,将餐桌收拾干净了。我想顾警官一定能够理解。走到门边的时候,我的情绪稍稍稳定了一点。我挺直身体,做了一个深呼吸,然后很得体地握住了门的把手。

门还没有完全打开,我就完全失望了。站在过道黑暗里的不是我从来没有见过的顾警官,而是老范,刚才还见过的老范。

我没有将门完全打开,更没有打开防盗门的意思。老范也没有示意我打开防盗门。他只是将脸贴近了一点,"你说对了。"他压低了声音说。

"说对了什么?"我迷惑不解地问。

"刚才她给我来电话了。"老范说,"现在是那边的凌晨,她说她突然有点想家了。"

我想起了我们刚才在长椅上的对话。

"我告诉了她丢钱的事,她真的没有骂我。"老范说。

我很尴尬地站着,不知道应该对他说些什么。

"真奇怪,"老范说,"你怎么会知道?!"

我不想老范小题大做。我什么也没有说。

老范透过防盗门的空隙瞥了一眼我零乱的餐桌。他似乎是意识到了我没有打开防盗门的意思。"我就是来告诉你这个的。"他有点沮丧地说。说完,他沮丧地走开了。

我感觉老范不只是为了来告诉我"这个"的。看着他沮丧的语气和神情,我也感觉有点迷茫。我迷茫地关上门,将门上的两把锁都锁到头,而且将链条锁也挂好。我肯定自己今天不会"又"出门了。最近这些年来,我对夜晚产生了越来越深的恐惧。我绝对不会在天黑之后出门。这种恐惧与"空巢"的状况有没有什么必然的联系?我想害怕摔倒可能是联系之一。医生总是提醒我要防止摔倒。小雷也总是这样提醒。黑夜让我有一种随时都会被什么东西绊倒的恐惧。当然,我知道"饭后百步走"的重要性。如果在天黑之后才吃完晚饭,我就会采用折中的办法,将去户外散步改为在"空巢"里踱步。而在有雾霾的时候,哪怕在天黑之前已经吃过了晚饭,我也会采用这种折中的办法。最近这一两年以来,因为空气质量越来越差,晚餐后在户外散步的日子其实已经不是太多了。

我慢慢走回餐桌旁,慢慢坐下。因为刚才的"又惊又喜又怕",我的心脏又发出了警报。我估计吃完之后自己都不会有精力在"空巢"里踱步了。我并没有马上拿起碗筷。零乱的桌面让我想起了这个家最完整的日子。那就像是幻觉。那就像是梦。现在,死的死了,走的走了,只有我母亲的幽灵还在"空巢"里陪伴着我。当然,还有恐慌和疑惑。我有太多的疑惑:为什么?为什么我不能打开防盗门,让老范进来,将我这一天的苦衷全部倾诉出来?老范也许会用他的幽默和豁达驱散我的恐慌和疑惑。他也许会告诉我,不要再问顾警官"为什么"没有在约定的时间出现了。他也许会告诉我,顾警官今天肯定不会出现了甚至顾警官今后也肯定不会出现。"门",又是"门","门"隔开了我们。一阵淡淡的酸楚揪住了我脆弱的心。为什么?我还想问,为什么我连寻求帮助的勇气都没有?

我喝了一大口白水之后,重新拿起了碗筷。我今天做的"胡萝卜丝炒肉"不太好,原因是我的胡萝卜丝切得有点粗。但是,熏猪心的口感特别好。这与我的加工没有多大的关系,好是好在原料本身。我很想吃点口味重的东西,熏猪心成了理想的第二道菜。刚才那包得很严实的塑料袋里面有三个熏猪心。我取出来一个,切成两半。我将其中的一半收回到塑料袋里,将塑料袋又严严实实包好放回冰箱。在将另一半切成薄片之前,我将它举起来端详了一阵。它让我想起了一家医院诊室墙上挂着的一幅心脏的剖面图,它看上去非常复杂。那一天,医生用手指点着剖面图向我解释房颤的病理。我突然想起经常在中医那里听说的"心包"。我请医生指给我看它在哪里。医生冷冷地笑了笑,说那是一个多余的概念。"心包"指的是心的外表,她说,而心的外表当然也是心的一部分,就像地球的表面也属于地球一样。

我没有想到这一天里唯一一顿像样的进食还会被第二次打断。这一次是被我女儿的电话打断。我没有想到会是她的电话,因为她通常不会在美国东部时间的清早给我打来电话。我更没有想到她的第一句话就那样应景,一下子又将我推回到了恐慌之中。"你没出事吧?"我女儿问。她的声音显得非常焦急。

我稍微稳定了一下自己的情绪。"你这是什么意思?"我故作镇静地问,"我会出什么事?"

我女儿没有回答我的问题,而是提出了她的第二个问题。这第二个问题比第一个问题更加应景,令我更加恐慌。"我的那笔钱你存好了吗?"她问。

这问题让我稍稍稳定的情绪又波动起来。我经历了那么大的风险才将钱转移到绝密账号上,不但没有得到公安人员的半句褒奖,现在我女儿又对我提出了质疑,这到底是怎么回事?"当然存好了。"我激动地说,"而且存得特别好。"

"什么叫'存得特别好'?"我女儿警惕地问。

"我将它存在绝密的地方了。"我更加激动地说。但是,我几乎马上就意识到了自己不应该这么激动。

果然,我女儿的反应非常强烈。"哪里是'绝密的地方'?"她问。

"绝密的地方就是最安全的地方。"我说。

"我听不懂你的话。"我女儿说,"你是把钱存在银行了吗?"

"不存在银行还能存在哪里?!"我说。

"那'绝密的地方'又在哪里呢?"我女儿问。

"当然在银行里。"我说。

我女儿沉默了一下,说:"我真有点不放心你。"

"你不放心的是你的钱。"我不满地说。

"我当然也不放心我的钱。"我女儿说。

"我已经将它存在最安全的地方了你还有什么不放心的。"

我说。

"我现在更不放心了。"我女儿说。她稍稍停顿了一下,接着问:"你不会又像上次那样瞎折腾吧?"

她的"又"字羞辱了我,"又"羞辱了我,因为它"又"撕开了令我羞愧无比的伤口。"你真是太不懂事了,"我气愤地说,"你怎么可以这么说?!"上次买下了那份保险之后,我曾经兴奋地告诉过她。那是我有生以来的第一次投资,第一次理财。我对五年以后的巨大收获充满了期待。我庄严地在保险单上签下了自己的名字。"投资不分年龄,活到老可以投到老。"银行的业务代表情绪激昂地说。"你的魄力对我们是极大的鼓励。"保险公司的业务代表同样激昂地说。"如果每个人都有这样的魄力,中华民族的复兴大业早就实现了。"银行的业务代表更加激昂地说。我并不希望他们将我的抉择抬得太高。我只是觉得自己做了一件力所能及又颇具时代特色的事情。我只是觉得自己还没有落伍。但是,当我在电话里与我女儿谈起这一抉择的时候,她还没有听完就指责我是"瞎折腾"。她还要求我今后绝不能再那样"瞎折腾"了。我的自尊心受到了极大的伤害,当时气得都说不出话来。我后来再也没有向我女儿提起过那份保险。如果她知道它现在的价值,不知道还会用什么恶毒的词语来伤害我。

我的气愤对我女儿起到了遏制的作用。"我真的不放心你。"她说。她的口气变得温和多了。

"不要说这种假心假意的话。"我说,"你能够让我'安'心一点就好了。"我故意将"安"字发得很突出。

"我怎么才能让你安心呢?"我女儿问。

"你少给我打一点电话我就安心了。"我说着,挂断了电话。

我又坐到餐桌旁,又拿起了筷子,端起了饭碗。我让自己稍稍消了消气之后,将注意力又拉回到了餐桌上。我在两个菜碗之间犹豫了一下,还是将筷子伸向了装豆豉辣椒蒸熏猪心的菜碗。我当然知道熏制的食品对身体没有什么好处,而且刚才我也已经吃过不少了,但是我忍不住又夹起了两片。我没有再像前两次那样暗暗保证说这是最后的两片了。不知道为什么,我现在特别想吃口味重一点的东西。我将两片熏猪心放进嘴里,慢慢地嚼着嚼着,突然,我觉得它们的味道变了,我觉得自己是在嚼着深深的委屈……为了保护我女儿的钱,我从早上开始就担惊受怕、忍辱负重,独自承受着巨大的痛苦,她不但不理解、不同情、不支持,还要横加指责。这就是我自己的女儿。这就是我自己的孩子……老范有一次安慰我说现在的孩子们都是这样。但是,小雷就不是这样。我与她可以说是无亲无故,她却是那么细心、那么体贴,她将我当成自己的母亲。那种细心和体贴带给我的幸福感让我淡忘了自己的孤独和处境。我好像不再是生活在社会边缘的"空巢老人"了。我对生活有了更多的兴趣和信心。我也向我女儿提过一次小雷,我也只提过一次。我记得我的话还没有说完,她就不耐烦地打断了我,责问我怎么可以"听信这种人的话"。"这种人"是什么人?我很反感我女儿那种居高临下的态度。我心说,难道你要我听信你这种人的话吗?不管小雷向我推荐的那些保健药品和器械对我的身体有没有用,它们能够带给我幸福感。因此我的钱花得痛快、花得开心、花得心甘情愿。想起来真是荒唐,我自己辛辛苦苦养大的女儿却从来没有给我带来过这种做母亲的幸福感。相反,她让我感到的只是做母亲的挫折感和失败感……深深的委屈让我都咽不下已经被我嚼碎的熏猪心了。

我没有想到这顿来之不易的晚饭还要被第三次打断。这一次仍然是被我女儿的电话打断。她不满地问我刚才为什么挂断了电话。"我还没有说完呢。"她说。

"我以为你已经说完了。"我不耐烦地说。我真希望她什么都不要再说了。

"我想来想去还是觉得有点不太对劲,"我女儿问,"我的钱到底存在哪里了?"

我不知道为什么今天所有人都会觉得我"有点不太对劲"。"你还要我说多少遍啊?!"我说。

"'绝密的地方'到底是什么意思?"我女儿追问。

"'绝密的地方'就是绝密的地方。"我说。

我女儿好像是有点泄气了。我以为她的沉默就是我们谈话的终点。没有想到,她突然会又开口,告诉了我她一大早就打来电话的原因。她说她刚才是被一个噩梦惊醒的。她梦见我在去存钱的路上遇见了劫匪。这没有什么,她之前好像也做过类似的梦。但是这一次有点奇怪,她说她梦见的所有劫匪都化妆成警察,都穿的是警服。这让她觉得又可笑又可怕。

我的手剧烈地一哆嗦,话筒掉到了沙发上。我女儿已经不知道有多少年没有接近过我了。我没有想到她现在会通过她的噩梦如此地接近我。我一点都没有觉得这个梦可笑,我只觉得它可怕,非常可怕,非常非常可怕。疑惑又一个接着一个翻滚出来:如果一个真警察与一个假警察扭打在一起,我们怎么知道谁是真的,谁是假的? 这假想的疑惑马上又带出了真实的疑惑:顾警官是真警察还是假警察? 这是我上午接到顾警官的电话以来第一次对他的身份产生的疑惑。我不寒而栗。到目前为止,我只听见过顾警官的声音,或者说"顾警官"只是一种语音的形式,他是不是穿着警服我都不知道。他会不会是假警察?他会不会是假警察?这可怕的疑惑让我的全身都剧烈地哆嗦了一下。

"这个噩梦给了我不祥的暗示。"我女儿继续说,"所以我不放心你。"

"你是不放心你的钱。"我仍然用相同的逻辑回应她。

"随便你怎么说,"我女儿说,"我现在决定还是请你将钱取出,换成美元汇过来。"

她的"决定"又将我推到了新的恐慌之中。这是我想到过的最坏的可能性。我现在已经不知道那笔钱的下落。哪怕我知道,它也是"泼出去的水",我现在也无法将它收回来。唯一的希望是顾警官的出现。我还在盼望着顾警官的出现,尽管我女儿的噩梦带来了令我绝望的疑惑。如果顾警官是假警察,他就永远也不会出现了。那就意味着那笔钱永远也不会回到我自己的账号上来了……"现在都什么时候了?"我气愤地说,"现在我到哪里去给你取钱?!"

"我不是说现在。"我女儿说。

"你刚才说的就是'现在'。"我气愤地说。

"我的意思不是'现在',"我女儿说,"我的意思是明天早上。"

她的"意思"令我绝望。我可以说现在不可能取到钱,却不能说明天不可能取到钱。但是如果顾警官不出现,明天真的不可能取到钱。我一生中从来没有这么盼望过一个人的出现,而且这是我从来都没有见过的人。可以说,顾警官现在就是我的上帝。我现在在盼望着我的上帝的出现。想到这里,我更加绝望了,因为我一直就拒绝信教,我的上帝会不会因此而不出现?我绝望到了极点。我气愤到了极点。"我可能根本就活不到明天早上。"我对着话筒吼叫了一句之后,又将电话挂断了。

我的心脏感觉已经非常难受了。救心丸的瓶子就摆茶几上,我马上含了一粒。然后,我靠到沙发背上让自己的情绪和心跳稳定下来。我当然已经没有兴致继续吃被三次打断的晚饭了。我微微张开眼睛,瞥了一眼零乱的餐桌,我也没有力气和兴致去收拾了。我从来都不会让碗筷这样乱摊在桌面上。但是今天是最特殊的日子,是我一生中最特殊的日子,是要改变或者说毁灭我一生的日子。我没有一点力气和兴致去收拾餐桌了。我真的有可能活不到明天早上。极度的绝望让我只想撒手……如果老范这个时候来敲门,不管他要告诉我什么,我都会让他进来。我甚至会让他坐在我的身边,甚至会让他将手放在我的肩上甚至腿上。现在,我只想有人陪在我的身旁。

没有人来敲门。我是"空巢"老人,没有人来陪伴的"空巢"老人。"空巢"老人不仅生活在现实的边缘,而且还生活在"传统"的外面。合家团圆的传统节假日与普通的日子对我几乎没有区别。报纸和电视上提早一个月就会出现有关春节的信息,比如春运的安排和春节联欢晚会的准备情况。我对这些内容已经没有什么感觉。我母亲去世之后这五年的春节,我都是独自在"空巢"里度过的。我不去给别人拜年,也谢绝别人来给我拜年。除夕之夜对我就像是一个平常的日子。有两年的年饭甚至都是前一天的剩饭。我也不会再为春节联欢晚会推迟上床的时间。我仍然会在九点到九点半之间准时上床。通常在睡到两个多小时之后,我会要起来上一次洗手间。也就是说,农历新年的爆竹声震耳欲聋的时候,我可能正坐在马桶上小便。

今年的春节是一个例外。大年初一的黄昏一位意想不到的客人敲响了我的防盗门。我们应该有三十多年没有见过面了吧。她是我丈夫的一位战友的女儿,也是我儿子从小学到中学的同班同学。我和我丈夫几乎没有共同的喜好,但是我们都很喜欢她。而她到了高中阶段对我儿子也是一往情深。她非常主动,经常来家里向我儿子请教学习上的问题,也会顺便帮我做点家务。可惜我儿子对她没有任何感觉。每次我在他面前说起她的好,他总是显得很不耐烦。中学毕业之后,她就再也没来过我们家了。我也从来没有在任何地方碰见过她。是的,已经三十多年了!

我很高兴见到这个应该却没有成为我儿媳妇的人。她比以前胖多了,但是她的神态没有什么变化,如果走在街上,我相信我还是能够认出她来。她说我的样子也没有什么变化,她说她也能够一眼就认出我来。她在我的"空巢"里看了一圈之后,拉着我的手在沙发上坐下。我问她现在的生活怎么样。她的回答把我逗乐了。"我现在是'空巢老人'了。"她说。我们之间的距离一下子就拉近了。"那你跟我这个'空巢老人'讲讲你这个'空巢老人'的生活吧!"我开心地说。

她笑了笑,用不带一点怨恨的语气讲起了她的生活。她已经离婚十五年了。她的前夫是工程兵学院的一位老师。他们是由她的一位远房亲戚介绍认识的。他们从初次见面到结婚花了三年的时间,应该说彼此还是非常了解的。他们前半年的婚姻生活也没有什么问题。但是半年之后的一天,她凌晨下夜班回来,发现他不在家,而满地都是撕碎的纸片。她刚一弯下腰就意识到那是她高中时代的日记。她不知道他怎么会翻到自己藏在装旧课本的纸箱底下的那些日记本。她将房间收拾干净之后，马上就四处去找他，一直找到天亮也没有找到。他在第二天的中午才回来。他从此完全变了一个人：他的饭量增加了一倍。他的性欲也翻了一番。后一种变化让她忍无可忍，因为他那不是在做爱，而是在泄愤。而且他从此也不做任何家务了，连最应该由男人做的家务他也不做了。他的脾气更是变得极为暴躁，经常为一点小事就大发雷霆。他不仅用最下流的词语羞辱她，还经常打她，用拳头、用锅铲、用随手操起的任何东西。有一次他甚至用菜刀在她的颈背上划了一道。有一次他甚至当着他们孩子的面撕开了她的上衣，在她的乳房上吐了两口唾液。

　　这不可思议的经历对我就如同一场强烈的地震。我感觉整个世界都在剧烈地摇晃。我还清楚地记得那个追求我儿子的高中女生。她的皮肤那样细嫩，她的神情那样清纯……生活为什么要那样待她，那样虐待她。自责和懊悔在我的心中掀起了惊涛骇浪。我觉得那是我的错。我觉得那是我的大错。"你要是在我们家就不会……"我伤感又绝望地说。

　　而她的表情却是那样地淡定。"其实想想也没什么，"她说，"都过去这么久了。"她平和的语气和态度让我更加难受。我一把搂住了她，失声痛哭起来。我的眼泪浸湿了她浓密的头发。

我的身体在她的身体上瑟瑟发抖。她耐心地抚摸着我的背。她等我的痛哭变成抽泣之后，慢慢将我的头从她的肩上扶起来。她从茶几上的纸巾盒里抽出两张纸巾递给我。然后她拉着我的右手，继续用平和的语气讲述她成为"空巢老人"的过程。离婚的时候，她的儿子还不到十岁。她将全部的心思都放在了他的身上，独自照顾和供养他到研究生毕业。毕业的前夕，她的儿子就已经找到了理想的工作。领到第一个月工资的当天，他就兴致勃勃地在离公司很近的地方租了一套单身公寓，与他的女朋友一起住进去了。每隔一周的周末，他们会回来看她一下。

她是那种过实实在在生活的人，天性非常安静，没有太多的幻想。这是她三十多年前给我的印象，也是她现在给我的印象。我想她肯定不会愿意长期在国外生活，我想她也肯定不会在我最需要他们的时候从我的身边搬走。如果她是我的儿媳妇，我想这个世界上就会减少两个"空巢老人"。

我没有跟她提起我现在的儿媳妇，一个字也没有提。我现在的儿媳妇与她正好是两个极端。她想事的方式、说话的方式、穿衣的方式、走路的方式……一切的方式都让我看不顺眼。最让我生气的是，在我第一次奇怪地栽倒在马路上的那一天，她居然怂恿我儿子搬出去住（还要求我们为他们出一半的房租）。还有就是他们在国外生活的同学纷纷回国来发展的时候,她居然怂恿我儿子放弃国内待遇优厚的职位,到国外去留学。这是一个不可理喻的女人啊。她从来都没有将我放在心上……我相信她也从来没有将我儿子放在心上。我一个字都没有向我心中的儿媳妇提起我现在的儿媳妇。

她不肯留下来吃晚饭,说是要去给一位正在住院的亲戚拜年。我也没有勉强她。穿好鞋子准备送她出门的时候,我一生中又一个最难忘的场面出现了。她从装着礼物的大袋子里取出了一个包得很严实的塑料包。她说那是一包猪心。她说那是她的一位同事自己家里熏制的。她说那些猪心都是从现杀的正宗土猪身上取出来洗净后,直接用茶叶和糠壳熏制的。她说她记得我那时候很爱吃猪心……三十多年了,她居然还记得。我感动不已地告诉她,我现在还很爱吃。

我真是很想她能够多呆一会儿,陪我吃一顿简单的晚饭,让我过一把婆婆瘾。这是大年初一啊!我突然对自己已经没有感觉的"传统节日"又有了温馨的感觉。我甚至想如果她提出要由她来掌勺,我不会反对的。我会珍惜这一生不遇的打下手的机会。但是,我不太好意思勉强她。她留下了她的手机号码,说今后有什么需要,可以给她电话。我将她送到了小区的门口。分手的时候,我问她离婚这么多年了,为什么没有考虑找个伴一起生活。她淡淡地回答说"没有兴趣"。我想起我丈夫"不幸逝世"不到半年的时候,也有人问过我类似的问题,我的回答一模一样。"我们都是命中注定的'空巢老人'。"我半开玩笑似的说。

我一直没有给她打过电话。自责和懊悔一直盘踞在我关于她的思绪之中。从她的背影在我的视线尽头消失的那一刻开始,我就经常会去想象她过去的生活。我责备自己当时不应该在人生大事上听任我儿子的感觉(或者说没有感觉)。我懊悔没有用家长的权威促成他们的关系。如果她真成了我的儿媳妇,不仅我自己的生活质量会与现在有天壤之别,她也肯定不会遭受那种肉体和精神的极度折磨。我永远都不会忘记她来我家补习功课的样子:那么细嫩的皮肤,那么清纯的神情……生活为什么要那样虐待她?

准备从沙发上站起来的时候,我突然想,为什么不现在给她打一个电话,谈谈她送的熏猪心呢?我在记录电话号码的小本上翻到了她的号码。在号码的前面,我写的不是她的名字,而是她应该的身份。我还记得那天晚上在小本上写下"儿媳妇"这三个字的时候,我的那混杂着自责、懊悔和感激的复杂心情。现在,我的心情仍然那样复杂。事实上,每次想起她,我的心情都是那样复杂。我甚至想知道,在她遭受凌辱的那些时候,我在哪里,在干什么?如果在那些时候,我的生活中居然有一丝欢乐和喜悦,我都会觉得那是对她的羞辱,我都会觉得那是我自己的耻辱。

我按下了她的号码。电话很快通了,但是"儿媳妇"没有接。我又按了一次,电话还是很快就通了,"儿媳妇"还是没有接。这让我有点沮丧。因为尽管我从来没有打过她的电话,我却一直觉得只要我打她的电话,她马上就会接起。我以为我们之间会有这种默契。没有,我们之间没有这种默契,就像我们之间没有做婆媳的缘分一样。这令我有点沮丧。我不知道下一次要等到什么时候才会再有打这个电话的兴致和借口。

我看了一眼墙上的挂钟,到了要准备睡觉的时候了。我放下小本,慢慢从沙发上站起来,慢慢走进卧室。铺好被子之后,我找出了冲凉后准备换上的内衣内裤,然后在床边坐下开始脱衣服。可是裤子刚脱了一半,电话铃又响了。我烦躁地皱起了眉头,因为我猜想那又是我女儿打来的。我不想再接听她的电话,我不想再受她的恐吓和侮辱。不过,我马上又觉得那可能不是我女儿的电话,而是"儿媳妇"的电话,甚至可能是顾警官打来的电话。我绝对不能错过了顾警官的电话。他会与我约好明天见面的时间。这是至关重要的见面,对我个人的前途和对了解存款的下落都至关重要。我有点后悔没有使用小于一直向我推荐的电话机上的来电显示功能(我嫌那上面显示的数字太小,很难看清楚),否则我可以很理性地作出选择,而不需要提着脱了一半的裤子干着急。电话铃一直响个不停,好像是在故意挑战我的耐心。我终于提起了话筒。

电话是我没有猜到的人打来的。听到我儿子的声音,我先松了一口气,但是等知道了他打来电话的原因,我马上又烦躁起来。

"你怎么回事?"我儿子首先问,"怎么等这么久才来接电话?"

我说我正准备洗澡,衣服都已经脱了一半。我让他等一下,等我穿好衣服再与他说话。重新拿起话筒之后,我儿子告诉我,他妹妹刚给他去过电话,说我的钱已经全部被人骗走了。

"胡说八道。"我气愤地说。

"她说是你自己告诉她的。"我儿子说。

"你相信她说的话吗?!"我说。

"你肯定跟她说了什么,她才会那么神经过敏。"我儿子说。

"我告诉她钱已经存好了,存在绝密的地方了。"我说。

"什么意思?"我儿子问,"什么地方是'绝密的地方'?"

我不知道他们兄妹俩为什么对我的话都这么警惕。

"到底发生了什么事?"我儿子接着问。

我迟疑了一下,说:"我现在还不能告诉你们。"

"你必须告诉我们。"我儿子说。

"在合适的时候我会告诉你们。"我说。

"我现在觉得她没有神经过敏。"我儿子说。

"你们都神经过敏。"我说。

"你必须马上告诉我们。"我儿子说,"到底出了什么事?"

我们的距离越来越远了。我不想这么僵持下去。"你可以让我睡一个好觉吗?!"沉默了很久之后,我用哀求的语气说:"我今天实在是太累了。"

"你不告诉我,我也睡不好觉啊。"我儿子说。他的声音很平静。这是他与我女儿不同的地方,他遇到什么事情都会显得很平静。"告诉我,你今天为什么会这么累。"他接着继续问,"到底出了什么事?"

"我今天实在是太累了。"我固执地说。

"你不能老让我们悬在疑惑之中啊。"我儿子说。

"我自己也悬在疑惑之中。"我绝望地说,"太多的疑惑,巨大的疑惑。"

"所以你才会这样累。"我儿子说,"说出来吧。说出来就好了。"

"说出来我会更累。"我绝望地说。

我儿子没有再勉强我。他让我先去洗澡,早点休息。他从来都比我女儿懂事。这是我对他偏心的重要原因。他说他明天再打电话过来。

明天,又是明天。我绝望地放下电话。我的两个孩子都将利剑般的明天悬在了我的头顶。明天,又是明天。

第三章

大懊悔

亥时(晚上九点到晚上十一点)

我在洗手间卸下假牙的时候,总是会想起医生对我牙齿状况的积极评价。我还有二十一颗自己的牙齿,超过了同龄人所谓"八零/二零"的标准。接着,我简单地洗漱了一下,就回到了卧室里。自从家里装上了热水器之后(那已经是很多年以前的事了),我没有一天错过过洗澡的程序。但是接完我儿子的电话,我真的感觉太累了,累得连脱衣服的力气都没有了。我在床边上坐了很久才走进洗手间。我只想安安静静地坐一坐,可是我又根本安静不下来。我知道自己根本安静不下来。我不可能不去想今天的事。我不想去想,却不可能不想。这来历不明的今天,这劈头盖脑的今天,这无地自容的今天,这最特殊的今天……因为这"最特殊"的今天,往事就如同汹涌澎湃的山洪一样再次涌入我的脑海。我无法逃避。我无法抗拒。我的一生一直都像一艘行驶在宽阔海面上的航船,我想知道它怎么会在今天突然撞上罪恶的暗礁。现在,在经过了巨大的恐慌和疑惑之后,我突然面对着更大的压力,因为我的孩子们将"明天"悬在了我的头顶……利剑般的明天,我毫无把握的明天,也许比"空巢"还空的明天,也许比今天更特殊的明天……我可以继续撒谎,告诉他们"绝密的地方"就是我自己新开的一个账号。撒谎昨天还是我最痛恨的行为,也是我认为自己永远也不可能擅长的行为,今天却突然变成了我的"拿手"。在撒谎的时候,我甚至不会脸红,甚至不会出现房颤的明显症状。自从知道自己"卷入了犯罪集团的活动"之后,一切都改变了。我记得老范有一次与我谈起过人的这种突然的变化。他说他的一位性情火爆、与谁都合不来的同事,在更年期之后,突然变得温和了,变成了所有人的朋友。公安局的电话也有这种改变一切的魔力。它将我变成了一个被生活欺骗的人,同时又将我变成了一个欺骗人的人。这就是我当年在课堂上对中学生们津津乐道的辩证法吗?这是生活对我当年那种津津乐道的报复吗?

是的,我很容易用谎言将"绝密的地方"搪塞过去。但是,我怎么才能够将"泼出去的水"兑换成坚挺的美金呢?美金其实已经不够坚挺了。它对人民币的汇率一直都在下跌。我女儿相信这种趋势还会继续下去,所以原来决定不急于将收到的人民币兑换成美金。但是因为那个逼真的噩梦,她突然改变了她的主意。她的这一改变让"明天"变成了悬在我头顶上的利剑。我知道,只有顾警官能够将我从迫在眉睫的危机中解救出来。我只能等待,等待顾警官的电话,等待顾警官的出现。这可能是我第一次等待一个我不认识的人。一生中的第一次。我非常清楚,如果顾警官不出现,我不仅取不到那笔钱,还会"又"一次丢面子,丢尽面子。说实话,在接到我儿子的电话之前,我已经对今天的一切产生了疑惑,我已经与他有了同感,觉得我女儿这一次并不是神经过敏。说实话,我现在对自己的清白已经不那么担心了,我现在担心的是自己的存款和自己的面子。

我真是连脱衣服的力气都没有了。直接在床上躺下之后,我开始做从去年底就一直坚持做的养生操。这是老年保健中心的医生推荐的。它的做法很简单:将右手掌朝下放在肚脐眼的下方,左手掌朝下放在右手背上。然后,按顺时针的方向以肚脐眼为中心搓揉肚子,搓揉三十六圈,接着再按逆时针的方向搓揉三十六圈。医生说这套养生操能够改善睡眠、促进消化、稳定血糖、降低血脂、通便利尿、增强记忆、防止痴呆……他说它主要是通过调和"三焦"之间的关系来取得以上的各种效果的。听众中有人问"三焦"是什么。医生说那是祖国医学中的一个重要概念,它是内脏器官的总和(我记得小时候也经常听我们家族中那位德高望重的老中医提到这个词)。医生还特别指出,这套养生操看似平常简易,里面其实有很多的讲究。比如搓揉的力度一定要适中:过轻会毫无效果,过重会适得其反。又比如搓揉的圈数也一定要严格遵守:少了会毫无效果,多了会适得其反。听众中有人问为什么一定是三十六圈。医生说这就说不清楚了。他接着说,祖国医学中有许多用语言说不清楚的东西,这就是祖国医学的伟大之处。

做完养生操,我刚准备侧身将台灯关掉,电话铃又响了起来。我觉得它特别刺耳。它提醒我"今天"还没有结束。我一生中这最特殊的一天还没有结束。我烦躁地拿起话筒。我听到的又是我妹妹的声音。她说她知道我已经上床了。她说如果不是因为有急事,她是不会这个时候给我来电话的。我问她有什么急事。她说我女儿刚给她打过电话,告诉她我出事了。她着急地问我到底出了什么事。"她说我出了什么事?"我反问我妹妹。我女儿的这种轻躁品性令我非常反感。她总是恨不得所有人都知道她的所有事。我不知道她的这种品性来自哪里。

"我并没有太相信她说的话。"我妹妹说。

"那你还着急干什么?!"我不满地说。

我妹妹沉默了一下之后说,她着急是因为她自己觉得我好像有点不太对劲。"你好像有什么事瞒着我。"她说。

"我什么都没有瞒着你。"我撒谎说。

"有什么事一定要说出来。"我妹妹说,"不要一个人扛着。"

"我没有什么事瞒着你。"我固执地说。

"一个人扛着容易出问题。"我妹妹说。

我想转换一下话题。"我今天实在太累了。"我说,"最后连洗澡的力气都没有了。"

"你没有洗澡就上床了?"我妹妹很吃惊地问。

"我连衣服都没有脱。"我说。

"所以我的感觉是对的。"我妹妹说,"你今天就是有点不太对劲。"

"我不想说话了。"我说,"我今天实在是太累了。"

"那好吧,你先睡吧。"我妹妹说,"我明天再给你电话。"

怎么又是"明天"? 怎么所有人都盯住了我的"明天"? 我绝望地放下电话。我知道我的身心都已经接近崩溃的边缘了。我不知道我能不能活到明天。如果能够活到,我也只想接到一个电话,那就是顾警官的电话。我希望他告诉我将我女儿的钱从绝密账号上取出来的办法。我甚至希望他告诉我特大毒品走私案已经告破,犯罪分子已经被全部抓获,公安机关已经排除了对我的怀疑的消息。

　　我关掉台灯。我的身体已经疲惫不堪了,头脑却极度地亢奋。这极度亢奋的头脑又将我拖进了布满尘埃和蛛网的过去。其实我自己就不是一个称职的儿媳妇。这也许是我不想提自己儿媳妇的另一个重要原因。我结婚十五年之后才第一次见到我的婆婆。那也是我一生中与她唯一的一次见面和相处。那一年,我丈夫从"干校"回来了,在家里等待分配新的工作。那个深秋的中午,他从酣醉中苏醒,说起去年他父亲病逝的时候,他不能从"干校"请假去给老人家送终,老家的人一直在说他的闲话,他自己也觉得非常内疚。他说他想趁着现在有闲,接他母亲过来住一段时间,这样一来可以尽点孝心,二来可以平息老家人的不满。这是一个不可能让我高兴的想法,他自己也应该清楚,不仅因为我们长达将近四年的分居刚刚结束,也不仅因为那一段突如其来的危机刚刚过去,还因为我们只有两间房,孩子们学习和睡觉的外房也是一家人吃饭的地方(我们的饭桌也是孩子们的书桌)。我甚至想不出哪里还有地方开出一张床来。我真的很不高兴,但是我并没有提出异议。

两个星期之后,我婆婆就被我丈夫的弟弟送到我们家来了。在我和我的孩子们看来,她完全就是一个陌生人。首先,她身上带着一股让我们感觉很不舒服的气味。而她的小脚更使我们觉得很难堪。在南方,比她年长五岁的老人都不会裹足了。我的两个孩子多次请求我不要让她出门,以免他们的同学看到。当然,最大的问题还是我们的交流极为不畅。她说的话我们根本就听不懂,我们对她说的话,她也好像根本就没有听到。第一个问题本来应该很好解决。我烧好两大壶热水,让她先洗一个澡。没有想到,我丈夫的弟弟却坚持说不用了,他说她刚洗过(后来我才知道,她是五个月前"刚"洗过)。我坚持让她洗,我说坐了一整天的火车,怎么也需要洗一洗。我丈夫也帮我说话,他说到了南方就要学习南方的习惯,就要学会讲卫生。看得出来,在我丈夫的眼里,他母亲也已经是一个陌生人。他们的交流固然没有障碍,但是他们的生活习惯已经出现了很大的差距。再加上他只是在一九六五年的春天从北京出差回来的时候,中途下车回老家住过一个晚上。也就是说,在过去的二十多年时间里,他们也只见过一次面。最后,我婆婆终于同意洗澡了。她坚持不要我帮忙。她洗得很快,而且只用了一壶热水。那也是她在我们那里居住的将近一个月里洗的唯一一次澡。

从我婆婆走进我们家门的一刻起,我就知道她住不长,我也希望她不要住很长。我从来没有表露出过对她的不尊重。我也不停地提醒自己的孩子们不能有任何不尊重的表现。但是在住了将近一个月的时候,她自己提出来要"回家"去。她的理由是她"住不惯"。这与我自己后来在伦敦的情况很相似。我不知道这"住不惯"里面是否包含着对"儿媳妇"的不满。我们极力挽留(在伦敦的时候,我的儿媳妇却没有说过一句挽留的话)。"这就是家啊。"我首先这么说。我丈夫接着也这么说。但是,我们的劝说无济于事。她甚至等不及她的小儿子从老家赶来接她了。当时我丈夫有一位同事要去石家庄出差,我们让他选了一趟在邢台停站的火车,让他将她带走了。我记得去火车站送她回来之后,我们一家人都有如释重负的感觉,包括我丈夫。

在我婆婆到来的前后那一段时间,我和我丈夫的关系发生了明显的变化。我妹妹前不久跟我谈起她在网上看到的一篇文章。文章说婚姻"正常"的生命期是十一年。我丈夫去"干校"那一年,我们结婚已经十二年。那十二年里,我的工作单位在城里的最北边,而他的工作单位在城外的南郊。我们通常要等到周末才能见面。我们都住单位的单身宿舍。我儿子出生之后,这种状况也没有改变。我们自己从来没有正式开过伙。我们绝大多数的时间都是在食堂用餐,只有个别的周末才动用一下自己简便的煤油炉。现在想来,我那时候过的其实就是一种准"空巢"的生活。

"干校"成了我们第一次正式分居的标志。我们当然可以将这种分居归咎于政治和历史。在林彪事件之前的那两年时间里,我们只见过一次面。那是因为"干校"派他到城里来采购劳保物资。他的领导特意给了他两天的假,使他得以与家人团聚。林彪事件之后那不到两年的时间里,"干校"的管制宽松了许多,我带着孩子们在"干校"过了一次寒假和一次暑假。他也利用两次出差的机会在家里住过将近一个星期。仔细算起来,那将近四年的时间里,我们在一起的时间累积不到三个月。那一段时间我过的当然也是一种准"空巢"的生活。

在我丈夫从"干校"回来的前夕,我向单位申请到了现在这一套有前后两间的房子。前面孩子们住的一间大概有九个平米,后面的主卧室大概有十二个平米。我丈夫回来之后,用他在"干校"学会的泥瓦手艺在房门的左侧打了一个有两个十公分炉胆的藕煤炉灶。我们第一次有了自己的"厨房"。我们的婚姻生活中第一次飘起了"人间烟火"。长达十五年的准"空巢"生活好像从此就结束了。那一年,我四十岁,我丈夫四十三岁。

按照我今天遇见的出租车司机的说法,我丈夫进入了"懂事"的年龄。他对没有能够给父亲送终的不安以及他想将母亲接到身边来住一段的愿望也许都是他开始"懂事"的标志。但是,对我来说,这种"懂事"反而让他显得比从前更加陌生。他好像不再需要我了。他好像对我们的孩子也没有什么兴趣了。他的眼睛注视着别的地方:他曾经要极力挣脱的老家,他已经失去了四年的官位,以及我那位上海同事的宁波妻子。

我不喜欢他老家的乡亲们络绎不绝地来我们家做客,但是我对他们从来都非常客气。我也不高兴他将他母亲接来同住,但是我也没有表示反对。甚至在他提出那让我难以接受也无法忍受的安排的时候,我都没有发表不同的意见。我原来的想法是,他母亲过来之后,就让她睡我儿子的床,而让我儿子每天在他的房间里开行军床(当然这样需要将饭桌收起)。没有想到,我丈夫坚持要为他母亲买一张新床,并且坚持要将新床摆在我们的房间里。他的理由是"我们的房间比外面的房间要暖和一点"。我至今也想不通他为什么会想到那样的安排。我至今也想不通他为什么不考虑我的需要以及我们的需要。

我同样反感他对做官的迷恋。每次听他憧憬自己将来要做到什么职位,我都很不舒服。从我们恋爱的阶段开始,"提拔"就是他使用得最频繁的词汇。那时候,我以为那至少说明他有理想有追求,所以从来没有像他挖苦我的"洁癖"一样挖苦或者打击过他。从"干校"回来之后,他对被"提拔"的要求变得更加露骨,更加迫切。也许这也是他开始"懂事"的一种标志?他努力去结交那些能够"提拔"他的人。他不放过任何一个可以表现自己的机会。他甚至开始抱怨过去的选择,比如他说他当初不应该根据我的"要求"选择了在学校工作,那种选择对他的"提拔"极为不利。"我什么时候'要求'过你?"我不满地反驳说,"我那顶多只能算是建议。"我丈夫看上去还是非常后悔。"你那时候的'建议'对我就是'要求'。"他摇着头说。从这个时候开始,我强烈地意识到我们不仅有生活习惯上的差异,而且还有人生追求上的冲突,甚至思想品质上的对立。失望一点点地积累了起来,积累成了绝望。我从每天都生活在自己身边的这个男人身上感觉不到亲情和温暖。我们的家庭从表面上看是终于完整了,但是这完整带给我的是比分居更深的空虚。也就是说,我的准"空巢"生活并没有因为"人间烟火"的升起而结束。

至于我那位上海同事的宁波妻子我不想多说什么。她比我年轻三岁,但是大概在两年前我听说她已经在九十年代末因为车祸离开了人世。开车的人是她的儿子。他也是车祸的责任人。他自己也因为车祸而失去了左腿。那时候我们生活在一个很小的世界里。她的衣着时髦又端庄,她的举止迷人又得体。用现在的话说,她是那个小世界里的一道"风景"。说实话,我开始对她并没有什么反感。或者说,在我丈夫对她的好感让我反感之前我对她并没有什么反感。我们两家的关系开始比较密切。每次包饺子的时候,我丈夫都会让我女儿送一碗到他们家去。而他们每次做咕老肉,也都会多做一点,让他们的儿子送来给我们品尝。大家都说上海那边的人小气,但是我们感觉不到他们身上的小气。他们的儿子与我们的女儿是小学班上的同班同学。我们经常开玩笑说将来我们会成为亲家。可是很快我就发现事情有点不对。那一天,我的上海同事邀请我们去他们家里过他妻子的生日。在那两个小时里,我注意到的两件事让我极不愉快。首先,我注意到我丈夫对他们家装药品的抽屉非常熟悉。男主人开罐头划破手指的时候,是他条件反射似的打开那个抽屉,取出了红药水和棉签。另外,在吃饭的时候,我坐在女主人的左侧,我丈夫坐在女主人的右侧。我注意到他们的肘关节始终靠在一起,而他们好像并没有感觉。他们好像并没有感觉。

我知道很多女人都对丈夫的出轨(特别是第一次出轨)会有

激烈的反应。我没有。也许是分居导致了我的这种冷漠？也许是从来都没有亲密过导致了我的这种冷漠？我没有让他们注意到我的注意。而且我知道我的那位上海同事正在努力争取调回上海,我相信事情不会有进一步的发展。没有想到,事情还真会有进一步的发展。大概两个星期后的一天,我们的女儿哭着从学校回来。她告诉我,一群男同学等在回家的路上欺负了她,带头的就是我那位上海同事的儿子。我非常气愤,要带着我女儿去他们家说理。但是我丈夫阻止了我。他说算了。他说那不是什么大不了的事情。我马上觉得也最好是算了,因为我从那个孩子骂我女儿的话里已经知道了事情的起因。还有什么理好说呢?! 我们两家的关系从此就断了。两个月之后,他们终于拿到了回上海的调令。他们离开的那天中午,我丈夫去参加"干校"的难友们的聚会,喝得醉醺醺回来。那是我第一次看到他喝醉。他在家里吐得到处都是,龌龊的气味一个星期才完全散去。他一直睡到第二天上午才苏醒过来。他醒来之后说去年他父亲病逝的时候,他不敢从"干校"请假去给老人家送终,老家的人一直在说他的闲话,他自己也觉得非常内疚。他说他想趁着现在有闲,接他母亲过来住一段时间。

更让我生气的是,我婆婆离开之后,我丈夫还是不肯拆掉她的床。他说他想单独睡,就睡在那张床上。他说在"干校"那么多年,他已经习惯了单独睡。而我怀疑他是还没有从刚刚过去的情感危机中完全康复过来,他是不愿意在熟睡的时候无意中碰到我的身体。我有被抛在"空巢"中的强烈感觉。在他离世前的那一段时间里,我对他那种异常的举动又有了新的解释。那时候我经常趴在他的病床边翻读报纸,遇到有趣的内容,还会读给他听。有一天,我读到一段关于"恋母情结"的文章。我想他多年前的异常举动可能就是"恋母情结"的表现。甚至他坚持要将他母亲的床摆在我们的房间里也是这样的一种表现。这种新的解释同样让我有被抛在"空巢"中的强烈感觉。我看着与我白头到老的男人:他已经只剩下一把骨头了。他的大部分时间都是在昏迷中度过的。哪怕他睁开眼睛的时候,他也并不清醒……我看着他,我觉得我完全就不认识他,他就像是一个与我的生活完全无关的陌生人。

我们之间从来没有亲密的感觉与我们从来没有激情的性生活肯定有很大的关系。这在一定程度上当然要归咎于我们所处的时代,可以贴上"时代局限性"的标签。在那个革命的时代,性生活是讳莫如深的话题。它无疑属于"小资产阶级的生活方式",是低级趣味中的一种。而在更大程度上,我们性生活的平淡更应该归咎于我们自己，准确点说是应该归咎于我。我心脏的先天状况使我从小就对剧烈运动充满了顾虑。在结婚的前夕，我母亲就多次暗示我"性生活"是对我不宜的"剧烈运动"。从新婚之夜他第一次急不可耐地想进入我的身体的时候，我就开始提醒他轻点慢点，我就说我不适合做"这种事情"，我就非常拘谨。在整个过程中，我都会不停地这样提醒。我的提醒开始有片刻的抑制作用。他马上就会轻点慢点。但是它"只有"片刻的抑制作用。他的动作很快就会变得更加剧烈。非常奇怪，我的心脏似乎能够承受那种"剧烈运动"。我甚至感受到了他不断加急的频率和不断加重的冲量带来的快感。当然，我并没有放松警惕，仍然提醒他轻点慢点。不过我的提醒已经不起作用了。他动作越来越猛，最后他用口音很重的声音叫喊起来："杀！杀！杀！"我好像被这叫喊声带进了战争片中总攻的场面。我被他的叫喊声惊呆了。我没有想到性交与战争会有如此密切的联系。我还担心这叫喊声会被邻居们听见。我提醒他轻点慢点小声点。他没有理睬我的提醒。他一直"杀"到了开始从我的身体里溃退的时刻。

我不喜欢这种与战争的联系。我提醒他下次不要再这样喊叫。"不杀怎么能见血啊。"他举起我刚才垫在身体底下的毛巾说。"下次你再杀也杀不出血来了。"我将毛巾抢过来,笑着回应说。这也许是我们私生活中唯一一次有质量的对话。从第二次上阵的时候开始,他就听从了我的提醒,不再用凸显出军人本色的方式发起总攻了。我高兴他听从我的提醒。不过我同时也会觉得整个过程突然少了很多的起伏和惊奇。我想他对这一点会有更深的感觉。我有一点内疚,我觉得我压制了他的主观能动性。我一直都在压制他的主观能动性。他几次提出来要"看"我,都被我断然拒绝。"你又不是医生,"我说,"这又不是体检。"他后来就不再提那种要求了。他提出的要我"看"他的要求也被我以类似的理由断然拒绝:"我又不是医生。这又不是体检。"还有一次,他提出来要从后面进入。那想法让我觉得极为龌龊。我断然拒绝。"老家的牲口都是这样干的。"他说。"我们是人,不是牲口。"我说。我们整个婚姻生活中的性交姿势"从一而终"。除了杀声震天的第一次之外,我们整个的性生活都极为平淡。

第一次正式分居进一步降低了我对性生活的兴趣。我的身体本身也作出了相应的反应。记得那年春节从"干校"探亲回来后的第二天,我发现外阴部左下方出现了一个很小的血泡。我开始不想去做检查,因为那个位置令我感觉非常尴尬。但是过了几天,我发现它对我的日常生活影响越来越大,因为不管是走路、坐着还是躺着,我都会有明显的痛感。我最后还是去了医院。医生说那是"巴氏腺囊肿"。她说我可以采取保守的疗法,没有必要做手术。根据医生的建议,我每天用双氧水对那个部位清洗两次,一段时间之后,囊肿果然自动破裂。不过后来它复发过三次,而且每次复发都与性生活有关。这种关联让我对性生活又多了一层恐惧。

我丈夫没有从精神方面满足我,我无法从生活方面满足他。现在想来,我们的婚姻从一开始就处于准"空巢"的状态。而到了我丈夫从"干校"回来之后,这种状态不仅没有改善,反而变得更加顽固。我一直认为那一段时间是我们婚姻生活的转折点。我们的婚姻中第一次有了"人间烟火",而这"人间烟火"却只是一阵烟雾。我丈夫将目光投向了老家、官位和其他的女人。这不能全怪他。我自己也负有很大的责任。尤其是第三个方向,我肯定应该负有很大的责任。毫无疑问,有许多女人是喜欢听到震耳欲聋的"杀"声的,也有很多女人是想"看"和被"看"的,也有很多女人是想像牲口那样寻欢作乐的……我对他随后二十多年里的那些"出轨"并没有太强的反应。他甚至向我提出过离婚的要求。第一次是在七十年代的末期。他那时候对我的抱怨特别多。他抱怨得最多的是我从来都不会体贴人。我知道他已经有了明确的去向,他想与那位铁路职工医院的护士结婚。我心平气和地在离婚协议书上签了字。但是,最后却是他自己撕毁了自己起草的协议书,因为他的一位领导向他透露了他很快有可能被"提拔"的消息。周到的领导提醒说在那关键的时候出现婚变肯定会对他产生很坏的影响。我丈夫最后没有得到那次"提拔"的机会。当然,他也失去了那位"很会体贴人"的护士。我并没有幸灾乐祸。一点也没有。看着他整天郁郁寡欢的样子,我甚至有点为他难过。对我来说,他撕毁了离婚协议书这件事并不重要,重要的是我有生以来第一次在离婚协议书上签了字。我们的婚姻从此变成了一触即溃的"空巢"。

我丈夫在九十年代初正式办理了离休手续。他再也不可能被"提拔"了。在我们第一次约会的时候他就已经向我透露过的人生目标永远也无法实现了(他说他的目标就是他将来的讣告上要出现"正厅级"的字样)。我们的女儿已经开始在美国生活了。我们的儿子已经搬到我们为他出一半租金的公寓去了。我们的家成了名副其实的"空巢"。当时我也已经退休两年。我以为,我们会在这"空巢"之中过几年踏踏实实的日子,用套话说就是"安度晚年"。没有想到,他还想发挥余热,与两位"干校"的难友一起"下海",办起了一家"什么都做"的贸易公司。其实,我一直不知道他每天做些什么。我只听说他的身边有一个只比我们的女儿大一岁的女秘书。那应该是他这个世界上最后一个让他动了情的女人。

贸易公司在九十年代的末期因为经营不善而关门。我又以为这一次他会回到"空巢"中来与我一起安度晚年。没有想到,他又作出了一个不可理喻的选择。他选择的不是"回来",而是"回去":在我们从伦敦回国的飞机上,他突然提出要独自回到老家去住。他母亲在前一年已经去世。他的决定与"恋母情结"肯定没有什么关系。他弟弟在邢台城里为他租了一套房子,并且为他物色了一个可以照顾他各方面生活的中年保姆。我从来没有去看过他。他也从来没有要求我去看过。他在那里住了几乎整整三年。如果不是因为那天清早,他看到了自己尿出的鲜血,我们可能还不会见面。他坚决不肯在当地就医。他弟弟将他送了回来。我去火车站接到了他之后直接将他送进了医院。五个星期以后,我又将他从医院送到了火葬场。那是我非常充实的五个星期。我每天都忙得不可开交。而在我丈夫的追悼会快要结束的时候,我却第一次感觉到自己的一生真是一事无成。

我在床上辗转反侧,与我不愿意触碰的过去苦苦周旋。我丈夫为什么不愿意回他和我一起组成的家？我想他一定不认为那是他自己的家。他一定非常懊悔,懊悔当年看上的是一个这样的女人,一个不仅不支持他的人生追求,而且连"食"与"色"都不能让他满足的女人;他一定懊悔有这样的一个家,这样一个他的方言从来就被揶揄,他的习惯从来都被嘲笑……他从来都不是主人的家。他也一定觉得婚姻是一个"空巢",家是一个"空巢",生活是一个"空巢"……他的懊悔也是我的懊悔。我为什么要答应他在那个星期天一起去赏花?!我为什么要与他一起登上古城墙?!我为什么要向他建议转业之后的去向?!……我的懊悔被来自客厅里的奇怪响动打断了。我仔细听一听,才意识到那声音来自我的门口。那是防盗门的响动。有人在推我的防盗门!我极度紧张地坐了起来。这是怎么回事?我不敢开灯,只是借着窗外渗进来的微光看了一眼床头柜上的钟。这么晚怎么会有人站在我的门口?那会是谁?我不相信那会是试图保护我的顾警官。那会不会是正在盯着我的犯罪分子?我极为谨慎地下了床。我怕鞋底与地板的接触会暴露我的动静,故意没有穿鞋。我蹑手蹑脚地朝门口走去。我走到门边的时候,那响动已经消失了。我贴近猫眼看出去,虽然看不大清楚,但是我感觉外面已经没有人了。我犹豫了一下,不知道是不是应该打一个求救的电话,比如给老范打一个电话,让他下楼到我门口来看看。最后,我还是决定不要张扬。我不想暴露自己现在的尴尬处境。

我站在门口继续等了一阵,然后又从猫眼里查看了一下。外面的确是没有人了。我极为小心地将链条锁松开,又极为小心地将两把门锁都打开。我又看了一下猫眼,然后,才轻轻将门打开了一条小缝。门外的确没有人。那刚才的响动是怎么回事?我从上往下打量着防盗门。我看见在防盗门和房门之间的地面上有一个白色的信封。我蹲下去,稍稍将门开大了一点,伸手迅速将信封抓进来,然后又迅速站起来,将门关上,将三层锁都锁好。

我在门边喘了两口粗气之后,快步回到了卧室。我谨慎地关上了卧室与客厅之间的门(这是我平常从来不关的门)。我打开了台灯。但是我突然意识到我的眼镜没有在卧室里。我不想去找了。我等不及了。我急急忙忙将信纸从没有封口的信封里取出来。我模模糊糊地看到了那上面有几乎一整页的钢笔字,很漂亮的钢笔字。可是,落款人的名字一下子就倒了我的胃口。我很烦躁地将信扔到床头柜上,关上台灯,又重重地躺倒到了床上。

子时(晚上十一点到凌晨一点)

躺了很长一段时间之后,我还是发现自己没有一点睡意。更奇怪的是,我与过去的联系也被刚才的这个小插曲彻底切断了。我的头脑中只有对"明天"的恐惧。闹钟的走动这时候听起来特别清晰,也让我特别烦躁。我知道,"明天"很快就要变成"今天"了。我知道,这即将到来的"今天"仍然是最特殊的一天。我知道,我经历的这最特殊的"今天"永远也不会过去。哪怕公安机关的侦破结果洗净了我的耻辱,哪怕"泼出去的水"像回放的画面一样又回到了我的账号上,这最特殊的"今天"也是我生命中的阴影。可是,"明天"就要变成"今天"了,这意味着高悬的利剑将要刺入我的心脏。我怎么办?我怎么办?我怎么才能够平静下来?我怎么才能够让我女儿平静下来?

电话铃又响了。电话铃又响了。这已经是什么时候了,你们怎么还不放过我?我心想。我将手压在电话机上,我真的不想再听到任何声音了。关注也罢,关心也罢,现在我都不想要。我只想要自己的头脑尽快平静下来,尽快进入睡眠状态。我需要为充满悬念的"明天"积攒一点精力啊。我已经累到极点了。

电话铃仍然在响。我知道如果我不接起来,它会不停地响。我极不耐烦地拿起话筒。听到又是我女儿,我一下子就火了。"这都什么时候了,你还来电话?!"我气愤地说。

我女儿没有说一句抱歉的话。"我后悔极了,"她说,"真是不应该让你保管那笔钱。"

"你这是什么意思?"我气愤地说。

"你太让我不放心了。"她说,"你让我一分钟都不得安宁。"

"是你让我一分钟都不得安宁。"我气愤地说。

"我不想再跟你多说废话,"她说,"你要马上将它取出来,换成美金寄给我。"

她的口气让我无法忍受。"现在是半夜,"我说,"你让我到哪里去取啊!"

"我说的不是现在。"她说。

"'马上'就是'现在'。"我说。

"我的意思是明天。"她说,"明天一早你就要去将它取出来。"说完,她重重地挂断了电话。

我绝望地坐起来,靠到床背上,然后,慢慢将话筒放下。马上就是"明天"了,我女儿的意思其实没有错。我感觉极度的空虚和莫名其妙的懊悔在咬噬着我的生命。我需要安慰,我需要温暖。我想起了我扔在床角的那封信。那是老范写来的信。我猜想那是一封情书。我只收到过那位摄影记者和我丈夫的情书。那都是五十多年前的事情了。现在,我希望老范写来的是一封情书。我希望看到老范的浪漫。这浪漫当然是出现在今天的唯一与今天不相称的格调。但是我需要。现在我需要。

我走到客厅,在沙发上的报纸堆里找到了自己的眼镜,又马上回到了床上。我将老范的情书打开。我希望它能够将我带离今天,带离我的恐慌和疑惑,带离我的空虚和懊悔。在信的开头,老范用平时对我的称呼称呼我。然后他解释说他怕打电话会惊动我,所以采用了这种"无声"的方式。我有点陶醉地想,这种"无声"的方式其实是表达情感的更传统和更浪漫的方式。可是怎么回事?老范接下来表达的并不是他对我的感情,而是他对我的担心。老范说,早上在购物中心见面的时候,他就觉得我的状况不太对劲。而下午我坐在长椅上的样子让他意识到我的状况还在恶化。他说他七点钟来敲门的时候,本来是想要进来与我谈谈的。但是,他看到我好像非常紧张,就没有敢提出来。他说他非常担心,不知道发生了什么事情,也不知道要怎么帮我。在信的最后,老范提醒我,有什么委屈一定要说出来,不要窝在心里。他说他明天上午会给我电话,看我的情况是不是有好转,看我愿不愿意跟他谈谈到底发生了什么事情。

没有想到,这是一封与"今天"关系如此密切的信。没有想到,老范也将"明天"和"今天"如此牢固地联在了一起。没有想到,我的"不太对劲"如此明显地引起了他人的注意。也许是所有人,也许"老六"、保安甚至小于也都已经注意到了我"不太对劲"。我将信放在大腿上。我想起了老范下午的举动。他也坐到了长椅上,他用右手拍了拍我的左腿。我不安地低下了头,就好像老范正坐在我的床边娓娓道来。我没有将他的手推开。我听得很认真。

这时候,电话铃又响了,电话铃又响了。我烦躁地拿起了话筒。我真想对着它高喊一句:"我知道你们不会放过我。"这就是我现在的生活。谁都不肯放过我。谁都说"明天"要来电话问到底发生了什么事情。"明天"是一把利剑。它握在所有人的手上。它让我对自己经历的最特殊的"今天"充满了懊悔。我已经隐隐约约地意识到将自己的存款转移到绝密账号上是一个大错,一个无法改正的大错,一个将会被人耻笑多年的大错。我全部的希望都寄托在顾警官的身上了。但是我女儿做了那样的噩梦。我现在都不知道我正在等待的人是不是真的存在。

我听到的又是我妹妹的声音。她注意到我很快就接起了电话,问我为什么还没有睡觉。"我知道你还会来电话啊。"我挖苦地说。我妹妹没有笑。她说刚才与我通话之后她还是感觉非常不好。"你真的没有事吗?"她关切地问。

我犹豫了一下,还是不想正面回答她的问题。"我很累。"我说,"真的太累了。"

我妹妹意识到我很不想说话。"没有别的,"她说,"我只是想对你说,不管发生了什么,一定要想开一点。"

"我没有什么想不开的。"我说。

"永远都要记住,天塌不下来。"我妹妹说,"一定要想开一点。"

"我没有什么想不开的。"我重复说。

"活着比什么都好。"我妹妹说,"生命比什么都重要。"

她的这句话让我很不舒服。"你这是什么意思?"我生气地问。

我妹妹沉默了一阵之后,说有一件事她一直没有找到合适的机会告诉我。她认为现在是告诉我的时候了。那是关于我妹夫的事。我知道我妹夫去年是因抑郁症自杀的。我知道我妹妹只是想趁他在熟睡时离开十五分钟,到楼下去取那把网购的雨伞。她没有想到事实上他并没有睡着。她回家的时候,他已经用玻璃杯割开了自己的喉管。但是,我从来不知道他得上抑郁症的"真实原因"。我妹妹说,他是因为被人诈骗,想不开,才得上抑郁症的。有一天中午,他一个人在家午睡的时候,突然接到了一个自称是他老同学的人打来的电话,对方用三言两语就让他相信了他们之间的关系,尽管他连对方报出的姓名都没有听清楚。老同学说自己开车撞了人,伤者正在医院接受抢救。他自己卡上的钱已经不够支付伤者家属提出的赔偿费用了,他又不想惊动自己的家人,他请求老同学帮助。我妹夫心急如焚地去银行将两万元钱转到了对方提供的"伤者家属"的账号上。我妹妹下午回来之后,他才知道自己成了电信诈骗的受害者。我妹妹没有责备他。没有任何人责备他。但是他却不停地责备自己。他整天都不出门,整天都睡不着觉,整天都只说一句话:"我对不起你们。"他重重复复地说。他很快就被诊断出患上了抑郁症,而且病情发展的速度超出医生的想象。

"我没有想到是这样。"我说。我想到了我现在的处境。

"所以,一定要想开一点。"我妹妹说,"不管发生了什么事。"

我想到了自己的经历与我妹夫的经历似乎非常相似。我也是接到了一个电话,对方的情况我也不熟悉。然后,我也将钱转到对方提供的账号上去了……我妹妹为什么会选择在这最特殊的日子里将这"真实原因"告诉我,难道她已经猜到了我今天的经历?"我不会轻易上这种当。"我说。我不知道自己为什么要这样为自己辩解。我固执地想,我的情况不同,我的情况完全不同。我接到的电话是从公安局刑侦大队打来的。"我从来没有被人骗过。"我接着说。

"我没有说你被人骗了。"我妹妹说,"我只是提醒你,如果被人骗了,一定要想开一点。"

"你不要再说了。"我不耐烦地说,"没有人能骗得了我。"

我妹妹显然也意识到不应该再说下去了。她叹了一口气,说:"我只是想告诉你,不管发生了什么都要想到主。要想到主会为我们分担的。"

我妹夫患病期间,我妹妹皈依了主。而且她很快就成了当地一个规模不小的家庭教会里的活跃分子。这些年来,在鼓动我上网的同时,她也经常规劝我入教。她有时候会在电话里给我读一段《圣经》,也经常逼我分享她的教友们的那些稀奇古怪的"见证"。我觉得,像我这种经历过那"解放"洗礼的人不可能再接受任何其他形式的洗礼。她的规劝对我毫无作用。有时候,我还会调侃她"信"的可信度。难道那种疯狂的网购欲与宗教的热忱之间没有矛盾吗?难道物质与精神真能够在她的身上

"对立统一"吗?

"我刚才就一直在为你祈祷。"我妹妹说,"我还在网上发动了我的姊妹们为你祈祷。"

"你这是干什么?"我气愤地说。

"我只是想要大家都来分担你的烦恼。"我妹妹说。

"我现在没有任何烦恼。"我说。

"那你怎么这么晚了还没有睡着?!"我妹妹说。

我不知道怎么回应她。

"我只是提醒你,一定要想开一点。"我妹妹说,"主与你同在。"

我放下电话。是啊,这么晚了我怎么还没有睡着?我的头脑还是极度亢奋。我现在根本就不可能睡着。在刚才的交谈里,我还在继续撒谎:比如我说我现在没有任何烦恼,比如我说我从来没有被人骗过。我现在其实已经烦恼到了极度。我其实也有过一次被骗的经历。那是在林彪事件之前不久,那是我关于"文化大革命"的重要记忆之一。骗我的人来自与我们相邻的村子。土改开始之后,我就再也没有回过老家了,但是当他说起他的父亲,我还是有点印象。而且说起来,我对他本人也隐隐约约有一点印象:我最后一次见到他的时候,他还是一个刚刚在学走路的孩子。他告诉我，他的父亲现在是生产队长，这没有错。他还告诉我，他自己去年已经结婚了，这也不是谎话。可是这些都不是他真正要告诉我的。他真正想要告诉我的是我母亲的胆结石最近频繁发作，吃了好几付中药都不管用，可能会要到县城的医院去做手术。一句话，他们现在急需钱用。胆结石的确是困扰我母亲多年的病痛，听到这个消息，我当然非常着急。而且我已经与我的家庭划清界限了，不是到了最严重的地步，他们不可能托人来找我。我马上去银行取了相当于我两个月工资的钱（折合到现在可能有六千多元吧），同时还买了一些营养品，一部分托他带给我的父母，一部分作为礼物送给他的父母。我想留他吃完饭再去长途汽车站。他说看样子马上就会要下大雨，想尽快赶回去。他走后，我还是很不放心，马上赶去电信局给在县城当小学老师的表姐打长途电话，请她抽时间去乡下看看，看看家里的情况好不好。我没有提到老家有人来找过我的事。我也没有提到我母亲的病。我还提醒她不要说是我让她去家里看的，我不想给我自己找任何麻烦。第二天上午，表姐来电话说她已经去看过了，家里的情况都好，我父亲和母亲的身体都很健康，每天都还正常下地干活和做家务。

我没有向任何人提过这次受骗的事。我更没有想过要去追回那相当于我两个月工资的存款和那些营养品。我一方面是觉得很丢面子,另一方面是心存恐惧。四年前,在"文化大革命"的高潮中,也有学生贴过我的大字报,称我是"地主家的臭小姐"和"剥削阶级的代言人",幸亏有知情人很快贴出了赞扬我早已经与剥削阶级家庭"彻底决裂"的大字报,我才没有像语文组的一位同事那样被剃阴阳头。我很清楚,"地主家的臭小姐"上了"贫农家儿子"的当,只能证明"卑贱者最聪明"这一英明论断的正确,不会引起任何的同情。更何况,这位贫农还是生产队长,"剥削阶级的代言人"对生产队长的儿子的任何指控当然都是不实之词,都是诬陷,应该罪加一等。

我起来去洗手间小便之后刚回到卧室的门口,突然听到从客厅里传来的咳嗽声。我转过身去,看见我母亲坐在我刚才吃饭时坐过的椅子上,背对着我没有收拾的餐桌。"那天傍晚突然下起了暴雨。你表姐是骑车来的,进门的时候都快七点钟了,一身淋得透湿。"她慢慢地说,"她只住了一个晚上,第二天一早就回县城去了。"

我母亲已经是第三次出现了。她的出现对我是很大的安慰。我走到沙发旁边,慢慢坐下。"她那么晚来,还冒着雨,我觉得有点奇怪。"我母亲说,"更奇怪的是,她第二天清早刚走没有一会儿,生产队长和他的儿子就来了。他们要我交代你表姐那么晚冒雨来我们家的目的。"

我平静地看着她。我突然感觉她比五年前去世的时候要显得年轻了许多。

"你表姐说她只是顺路来看一看我们。我如实地告诉了他们。"我母亲说,"可是他们不相信。他们一定说她是专门来的,要我们交代是谁指使她来的。"

我很欣赏我表姐撒的谎。她说她只是顺路去的。她已经为我的父母留下了后路。

"这需要受谁的指使呢?"我母亲说,"我当然说我不知道。"她回头看了一眼我没有收拾的餐桌,又接着说:"生产队长的儿子警告我说,我们的动静他们掌握得一清二楚。他不说我也知道。那时候,我们来往的信件都要由生产队长过目。生产队长认得的字不多,他的儿子小学还没有毕业就成了实际上的检查官。他当然什么都知道。"

"他甚至可能都知道你有胆结石。"我说。

"不是可能,是肯定。"我母亲说,"可是我早就好了。这他就不一定知道了。因为那时候我们已经没有书信来往了……我有时候觉得是你把我气好的,你那封绝情的信。"

"原谅我。"我说,"我不是一个好女儿。"

"我一直以为你离不开我。"我母亲说,"没有想到,你可以彻底离开我。"

"原谅我。我不是一个好女儿。"我说。

"你不当女儿了,你自己的女儿却出来了。"我母亲说,"这就是生活啊。"

"也许是报应。"我说,"我女儿从来就不是一个好女儿。我现在还整天受她的气。"

"她有胆囊炎,我有胆结石。"我母亲说,"我一直觉得这之间有什么联系。"

"只有在她疼得死去活来的时候,我才能感觉到我们之间的亲近。"我说,"其他的时候……"

"这孩子一生下来就很乖戾。"我母亲问,"我想不通是为什么?"

"你想知道吗?"我问。

"你知道?"我母亲不相信似的问。

"我知道。"我用十分沉重的语气说,"只有我知道。"

我母亲吃惊地看着我。她都不敢再往下问了。

"她受伤了。"我说,"她刚刚成形就受伤了。"

"我不懂你的意思。"我母亲说。

"那封绝情的信最早伤害的不是你,是她。"我说。

"我还是不懂你的意思。"我母亲说。

第一次被我丈夫的领导找去谈话的时候,我已经怀孕三个月了。那位总是板着面孔的领导告诉我,一场新的政治运动已经开始了,运动的主题是清理阶级队伍。我丈夫是他们重点培养的对象。他们不希望他的前途受到我的家庭的影响。我的家庭不仅是历史上的剥削阶级,而且他们最近又发现我母亲在写给我的信中有不少对现状不满的言论。一个星期之后,我们学校的书记也找我谈了话。她比我丈夫单位领导的态度更加强硬。她明确指出我必须与我的家庭划清界限,否则我自己和我丈夫的前途都会受到很大的影响。这两次谈话给我带来了巨大的精神压力。而更让我绝望的是,我原以为我丈夫的反应会给我很大的安慰,没有想到,他紧接着也与我进行了一次类似的严肃谈话,直截了当地要求我尽快向我们两边的领导表明自己坚决与剥削阶级家庭划清界限的态度,以免影响他的"提拔"。我原来还计划在第二个孩子出生之后将父母接出来与我们同住。这样的计划与我面对的选择已经是风马牛不相及了。我突然必须在家庭和前途之间作出选择,在做女儿和做妻子之间作出选择。我的人生中第一次出现了身份的危机。我极度绝望。

在我丈夫与我谈话之后的那天晚上,我就像现在一样,根本就无法进入睡眠状态。我不知道自己为什么会要面对如此粗暴的选择。我感觉身体里怀着的不是一个生命,而是一场悲剧。我不停地看钟,时间的缓慢令我难以忍受。最后我实在受不了了,起来穿好衣服,走了出去。我知道我丈夫也没有睡着,但是我没有告诉他我要去哪里,他也没有问我要去哪里。我自己也不知道我要去哪里。我一直朝北走,一直走进了郊区空旷的菜地。在菜地的尽头,出现了一条铁路。我沿着铁路一直往西走。我一边走一边懊悔:我懊悔自己的出生,我懊悔自己的婚姻,我懊悔解放的激情播撒在我灵魂深处的信仰……我终于精疲力竭了,我绝望地坐到了铁轨上。我要怎样选择?我能怎样选择?突然,我想到如果这时候有一列火车开过来,不管是从哪个方向开过来,我就彻底摆脱了这两难的挣扎。这也是一种解放。这更是一种解放。这突然的想法让我将头埋在自己的膝盖上痛哭起来。

没有想到我的痛哭会被一阵夸张的笑声打断。紧接着出现的是一个不男不女的声音。"怎么又是你?"那声音问。

这从深夜的荒野里传出的笑声和问话让我感到了从来没有

感到过的恐怖。我猛地抬起头来,果然看见一个人已经站在了我的跟前。这是一个蓬头垢面的人。我说不清楚是一个男人还是一个女人。我的双手撑到了铁轨后面的路基上,撑住了自己向后倾倒的身体。那问话说明他(她)看清了我。但是荒野里只有极为微弱的月光,他(她)怎么能够看清我?

他(她)不仅看清了我,还看清了我怀着孩子,还看清了那个孩子。"那是一个女孩。"他(她)说,"她想到这个世界上来。"

这太不可思议了。他(她)怎么能够看得这样清楚?这不是一个"人"可能有的视力。我的身体激烈地颤抖起来。我想站在我面前的这个人其实不是一个人。我想逃离这恐怖的荒野,这离死亡只有一步之遥的荒野,但是又不敢站起来,我怕他(她)对我造成伤害。

"她想到这个世界上来。"他(她)说,"她想到这个世界上来。"

我突然意识到了他(她)其实是在想将我拉回到这个世界上来。我慢慢地站起来,他(她)果然没有任何激烈的反应。这时候我知道了他(她)不会伤害我。我开始慢慢地往回走。我不敢回头,但是我仍然在仔细倾听他(她)的动静。他(她)没有任何动静。我加快了脚步。这时候,荒野里又爆发出了他(她)夸张的笑声。我吓得回过头去,却发现他(她)已经消失得无影无踪了。我不敢再在充满死亡气息的荒野里停留。我快步往回走。一路上,我完全感觉不到自己的脚步。我的全部感觉都集中在想象中的笔尖上,那封绝情的信通过那想象的笔尖在一张有横格的信纸上呈现出来。

"我一直以为那是你主动写下的信。"我母亲说。

"你没有看到信纸的后面有复写纸的印迹吗?"我说,"我一共复写了三份,其中的两份分别交给了我自己和我丈夫的领导,另一份我自己留着。我现在还留着。"我停了一下,接着说,"其实可以说那主要并不是写给你们的信。那是写给他们的信。"

"我没有想到会是这样。"我母亲说。

"可是作出那样的决定并没有丝毫减轻我的压力。我继续处在高度紧张和绝望的状态之中。"我说,"我知道那是对她的伤害,但是我完全无法控制自己。我觉得那就是我的命,那就是她的命。"

"原来是这样。"我母亲说。

"只有我知道这真实的原因。"我说,"现在你也知道了。"

我母亲沉默了很久之后,说出了一句让我非常吃惊的话。

"其实我从来没有读过那封信。"她说。

她的话让我非常吃惊,因为她总是提到那封信,因为她总是说那是一封"绝情的信",我以为她非常熟悉信里面的内容。"你说什么?"我惊讶地问,"你说你没有读过那封信?"

"我们家的信总是你父亲先读。这是我们家的规矩,也是我和你父亲之间的默契。"我母亲说,"总是我到生产队长那里去取信,而你父亲总是会站在我们家的门口等信。"我母亲停顿了一下,接着说:"你父亲读得高兴的时候,就会大声念出信里的内容。我总是制止他。我说我要自己读。可是他不会停下来,他会继续念。这是我们之间的不默契。"我母亲仰了仰头,好像她还有另外的听众。她接着说:"但是你那封信的第一句话就已经让你父亲很不高兴。他甚至都没有坐下来,而是站着一口气读完那封信的。读完之后,他愤怒地将信撕成碎片,扔进了屋后的粪坑里。我从来没有看到过他发那么大的脾气。他将信扔掉之后,在房间里来回走了很久,然后,他气急败坏地坐到了床边,眼睛直直地盯着地面。我小心翼翼地在他的身边坐下,可是我不仅不敢问他信的内容,我甚至连安慰的话也不敢说。天色渐渐暗了,我站起来准备去厨房做晚饭。这时候,你父亲终于开口了。他说了随后的两个星期里他说的唯一一句话。'我们的女儿死了。'他说。"我母亲的情绪有点激动。她用激动的口气说出了她听到我的"噩耗"时的反应:"我冲到了我们的土灶边。我用双手撑住粗糙的灶面。我的眼泪像暴雨一样落下来。我被扫地出门的时候都没有流过眼泪。我从解放以后就没有流过眼泪。可是你父亲的话让我的眼泪像暴雨一样落下来。我知道这一天迟早会要到来的。所有的算命先生都这样告诉过我。这是我一直的恐惧,也好像是我一直的等待。"

我女儿没有死在我的身体里。但是,她提早五个星期离开了我的身体。只有我自己知道这早产的"真实原因"。我记得那是一个星期四的晚上,我已经将儿子托付给了隔壁的邻居,因为我要去参加每周固定的政治学习。就在我准备出门的时候,羊水破了。我没有任何的思想准备。我在学校的门口叫到了一辆三轮车。我坐着它去了医院。分娩过程还是非常顺利。医生让我看了一眼血迹斑斑的孩子之后马上就将她送到早产儿特护室去了。三天之后,医生将她从特护室抱出来交到我的手上。从那一刻开始,我就意识到了我们之间存在着不可调和的矛盾:不管我怎么抱她,她好像都感觉很不舒服,不管我怎么抱她,我自己也感觉很不舒服。我意识到了我在怀孕期间遭受的巨大压力已经在她的生命中刻下了最狰狞的印迹。

我女儿是在九十年代初离开中国的。她的离开没有增加我的"空巢"感,反而带给我的是松弛和充实。我们有将近二十七年的共同生活。这种共同生活无时无刻不在向我提醒自己怀孕期间遭受的那种压力。医生将她从特护室里抱出来之后,我们就处于对立的状况。我说只有她因胆囊炎急性发作而疼得死去活来的时候,我才有机会体会母女之间的亲情,这一点都不是夸张的说法。只有在那时候,她才会将我当成她的母亲。而疼痛一旦过去,她就变成了另外一个人。她会马上责备我不应该坐在她的床上,不应该用那么大的杯子给她倒水。她那样地神经过敏,那样地自以为是,那样地飞扬跋扈,那样地不明事理,那样地不负责任……最让我无法忍受的是,她还经常撒谎。她的撒谎不需要精心准备,不需要自圆其说,甚至也可能不带任何功利的目的。我都不想举例说明了,因为例子太多太多了。在这二十七年里面,她不知道给我带来过多少的难堪和痛苦。我记得有好几次她在公共场合下突然就开始无理取闹。那时候,我会羞愧难当,我会躲到人群的后面,生怕被人看出与她有什么关系。

我没有想到我那封绝情的信带给我父母的是那样的冲击。我没有想到他们会把我与他们的决裂当成是我的死亡。我母亲的叙述让我陷于更大的懊悔。"原谅我。"我说,尽管我知道我永远都不可能原谅我自己。

这时候,电话铃又响了起来。这都是什么时候了,怎么还有人想进入我的"空巢"? 我母亲肯定又一次受到了惊吓。她顿时就从我的眼前消失了。我反感地拿起话筒。我以为又是我女儿或者我妹妹。没有想到是我儿子。"你不是说好'明天'才来电话的吗?!"我不满地说。

"已经是'明天'了。"我儿子说。

我瞥了一眼墙上的挂钟。尽管客厅里没有开灯,我还是能够看清楚指针的位置。我的心猛烈地抽搐了一下。天哪,我儿子的话没有错。从现在开始,所有人都会给我打电话来了……不是所有人,我最想他打来电话的人没有说过要给我打电话来。顾警官! 顾警官! 顾警官! 他说了也没有用,他说了也可能不会打来,就像他说了来却没有来一样。我突然发现自己已经没有在等待顾警官了。我越来越相信他不会出现了。说实话,我越来越不明白究竟发生了什么,从公安人员打来电话一直到现在,究竟发生了什么? 我已经对顾警官不抱希望了。我希望我的身边能够出现另外一个值得依赖和信赖的人。我会将整个事情的经过说出来,让他告诉我究竟发生了什么,以及我下一步应该如何行动。我现在需要的不是空泛的同情和安慰,我需要的是具体的帮助。

"我翻来覆去想了你昨天说过的那些话。"我儿子说,"我觉得一定是发生了什么事情。"

我很清楚,在亲人里面,唯一值得依赖和信赖的是我儿子。只要他保证我不告诉我儿媳妇(我不愿意被她看笑话),我将来就可以将事情的经过全部告诉他。"在合适的时候,我会告诉你的。"我说。

"我要你现在就告诉我。"我儿子用命令似的口气说。

我不愿意服从他的命令。

"你肯定是被人骗了。"我儿子肯定地说。

他的话就像我妹妹的那些话一样,激起了我的条件反射。"我从来没有被人骗过。"我气愤地说。

我儿子冷笑了一下。"你没有被人骗过?"他说,"你居然敢说这样的大话?!"

"这不是大话,这是事实。"我说,"我从来没有被人骗过。"

"去想想你自己走过的路。去想想你这一生的经历。你有过自己的生活吗?"我儿子激动地说,"不仅是你,是你们这一代人。你们的一生就是上当受骗的一生。你们年轻的时候就把自己的一切都献出去了。献给谁了? 你们连最起码的生活情趣都没有,你们连自己的孩子都很少关心……我记得你在'文革'结束的时候,经常说自己'上当受骗'。你们的一生中最重要的那三十年都是在上当受骗……"

我没有想到我儿子会突然把话题转到这个方向上来。我没有想到他会说得这么多,说得这么狠。"你不要再说了。"我气愤地打断了他的话。自从接到公安局刑侦大队的电话之后,我一直都在回顾自己的一生。这其中绝大部分的细节都是我儿子一无所知的。有几个孩子能够了解自己父母的那种深层的过去?"你根本就不了解我的一生。"我气愤地说,"你根本就不了解我的过去。"

"上当受骗就是你的过去。"我儿子说,"就是你们这一代人的过去。"

"你这是胡说八道。"我说。

我儿子沉默了一阵之后,改变了说话的方式。"我不想知道你的过去。"他平静地说,"我只想知道你的现在。"

"过去就是现在的一部分。"我说。

"告诉我到底发生了什么事情。"我儿子说。

"我说了以后会告诉你的。"我说。

"我现在就要知道。"我儿子说。

"你让我休息一下好吗?"我说,"你刚才的那一大通话说得我头脑很乱。"

我儿子从来都比我女儿懂事。这不是因为我偏心而得出的结论,这是所有人公认的事实。他没有再逼我。他说等我休息好了他再来问我。我茫然地放下电话,将疲惫不堪的身体靠到了沙发背上。

丑时(凌晨一点到凌晨三点)

我很快就睡着了。我很快就做了一个奇怪的梦。我的梦是一段投射在银幕上的电影。电影的画面始终一分为二,右边的一半是幸福的家庭生活场面:一个男人正在将刚刚钓到的两条鲢鱼从鱼篓里取出来,放进水桶里。他好像是我丈夫又好像不是;一个少年将水壶从藕煤灶上提下来,正准备将刚刚烧开的水灌进八磅的热水瓶里。他好像是我儿子又好像不是;一个少女刚才一直趴在床上学习钩织桌布,现在又好像是准备抄写《雷锋日记》了。她好像是我女儿又好像不是。还有右下方的那个女人,她好像是我自己又好像不是。她正在做"槟榔芋蒸肉"。那是我儿子最爱吃的两种菜之一(另一种就是"胡萝卜丝炒肉")。

有这两种菜中的一种,我儿子的饭量就会特别大。看着他一次次地添饭,我总是想起自己怀着他的时候的那种神奇的饥饿感。而画面左边的一半是不幸的家庭生活场面:一个老男人躺在昏暗的床上,他好像是我父亲又好像不是。他的肝炎又一次复发了,他想起了他已经"死去"的女儿两年前给他寄来的那一大包白糖。一个老女人坐在昏暗的煤油灯下,正将板结在瓶底的白糖刮下来。她好像是我母亲又好像不是。她后悔自己两年前写给女儿的那封信里,在谈到她父亲的肝炎症状之后,还说那是几年前的苦日子留下来的恶果。那句话成了她"对现状不满"的罪证。这对立的生活场面让我越看越内疚。最后,那深深的内疚终于猛然切断了我的睡眠。我被那一阵剧痛惊醒了。

我感觉喉干舌燥,好像是有点感冒的意思。我站起来,走到餐桌边,倒了一大杯白开水,用很快的速度喝下去。零乱的餐桌让我想起昨天的晚餐被三次打断的事,我深深地叹了一口气。然后,我又坐回到沙发上,开始考虑要怎样向我儿子叙述"到底发生了什么事情"。我肯定不会向他撒谎。但是,我又不想让自己太掉面子。也就是说,我也肯定不会完全按照事情发生的经过来叙述。我会做一些对自己有利的编排和增减。我不希望我儿子纠缠于事情的细节以及我反应的对错,我只希望他能够帮我找到存款的下落以及想出应付我女儿的办法。

　　我还没有想太清楚,电话铃就响了。拿起话筒的时候,我的表情和心情都非常严肃,因为我已经准备将顾警官交代我不能向任何人透露的秘密向我儿子公开了。这无疑是我的心理状态上的一个重大突破。从昨天到今天,我经历了极度的恐慌和极度的疑惑,现在,我又陷入了深深的懊悔之中。我懊悔自己动作太快,太匆忙。如果我晚一点决定将存款转入绝密账号,哪怕是只晚半天,我就不会有现在面对的任何问题。我懊悔自己太急于要证明自己的清白,结果将自己推到了绝境……没有想到,从话筒里传来的是我妹妹的声音。"你怎么还没有睡?"我问。

　　"你怎么还没有睡?"我妹妹反问。

　　"我睡不着。"我说。

　　"你这种样子,我也睡不着。"我妹妹说。

　　"我过一会儿就好了。"我说。

　　"你一定要想开点啊。"我妹妹说。

　　"你不要再说了。"我说。我尤其不喜欢她这样说。我觉得这样说好像就是在引诱我想不开一样。

　　"我刚才一直在为你祈祷。"我妹妹说。

　　我真的不能再说了,我告诉她,因为我正在等一个电话。

"这么晚了,你还在等谁的电话?"我妹妹警惕地问。

我不想让她知道我是在等我儿子的电话。他们有电子邮件的往来。如果知道了我们这么晚还通过电话,她一定会向我儿子了解我们通话的内容。

看到我没有回答,我妹妹又重复了一遍她的问题。

"一个邻居。"我敷衍说。

"那个老色鬼?"我妹妹问。自从我向她提起老范"那种年轻人的感觉"之后,她对他的印象就全变了,"老色鬼"就成了她对老范的称呼。

我没有回答。我不想再跟她纠缠下去了。

"我现在有点明白了。"我妹妹说,"你这一整天都不太对劲,原来是被'老色鬼'缠上了。"

我当然不会纠正她。我很高兴我敷衍的说法对她起到了误导的作用。

"这我就没有什么好担心的了。"我妹妹说,"不过你自己还是不能大意啊。我们这把年纪,骗色就随他去骗了,不过还是要小心他骗财啊。"

她的话吓得我哆嗦了一下。她刚刚被我引开,怎么忽然又兜了回来,又兜回到了今天的关键字("骗"和"财")上?

"那好吧,你等'老色鬼'的电话吧。"我妹妹说,"我也可以睡个安心觉了。"

话筒几乎完全放下的时候,里面又传来了我妹妹的叫声。我又将话筒拿起来,贴近耳边。我妹妹说还有一件事她差点忘了。她说她刚从网上看到十几位老人吃保健品中毒身亡的消息。她要我不要再买那些乱七八糟的保健品了。"什么叫乱七八糟的保健品?"我反驳地说,"我买的都是最好的。"

"所有人都说自己买的是最好的。"我妹妹说,"总之你一定要多加小心。"说完,她总算挂断了电话。

我儿子的电话马上就来了。他问我刚才是不是在跟我妹妹通电话。我很吃惊他怎么会知道。"因为她刚才给我发过三封邮件,说很为你担心,说还没有睡觉,还在为你祈祷。"他说。

"我不需要她为我祈祷。"我气愤地说。

我儿子叹了一口气。"不要说她了,"他说,"告诉我到底发生了什么事。"

我首先让他保证不能将我们谈话的内容告诉任何人。我相信我儿子知道这"任何人"尤其包括我女儿和我儿媳妇。我儿子向我保证说他肯定不会告诉任何人。他与我女儿不同。我相信他会遵守他的保证。

我稍稍稳定了一下情绪,准备向我儿子揭开公安人员特别叮嘱绝不能暴露的秘密。"现在是我一生中最黑暗的时刻。"我用极为沉重的语气说。

"你能不能说清楚一点,"我儿子说,"不要这么拐弯抹角。"他的语气很平和。

"我现在已经被公安机关监控。"我说。我的语气还是极为沉重。

"这怎么可能?"我儿子说。他显然并没有恐慌,还是保持着平和的语气。

"我开始也是这么说。"我说,"可是这是什么时代?!这个时代有什么不可能?!"

"你不要自己吓唬自己。"我儿子说,"这不可能。"

我儿子的态度一方面让我感觉非常安慰,另一方面又让我感觉有点担心。我担心他不了解问题的严重性。如果他不了解问题的严重性,他就不可能在这个关键的时刻成为值得我依赖和信赖的人。"他们已经掌握了充分的证据,"我说,"证明我已经卷入了一个特大犯罪集团的活动。"

我透露的新的情况好像并没有让我儿子恐慌。"到底是怎么回事?"他还是用同样平和的语气说,"你可不可以从头说起。"

我真的不想按照事情发生的经过从头说起。我不想再经历一遍自己遭受的所有的折磨。我也不想让我儿子发现我在处理危机的过程中的失误。但是我知道我没有其他的选择。我儿子是非常理智的人,他会想知道事情的来龙去脉。我绝望地叹了一口气之后,用沉重的口气告诉我儿子,昨天上午九点刚过,我接到了从公安局刑侦大队打来的电话。

"骗子!"我的话刚说完,我儿子就对着话筒大声骂了一句。

他的激动让我大吃了一惊。"我没有骗你啊。"我说。

"我不是说你,我说的是那些给你打电话的人。"我儿子说,"那些人是骗子。"

"你不要信口开河。"我说,"电话是从公安局打来的。跟我谈话的是一个姓顾的警官。"

"我现在就是那顾警官,你相信吗?"我儿子说。

"我当然不相信。"我说。

"为什么不相信?"我儿子问。

"因为你是我儿子,不是顾警官。"

"如果我不是你儿子,你会相信吗?"我儿子接着问。

"我也不相信,"我说,"因为我一听到你的声音就知道你是我儿子,不是顾警官。"

我儿子很夸张地叹了一口气,显然是有点不耐烦了。他接下来的口气也显得有点急躁。"那你为什么相信他就是呢?"他问,"你为什么相信他是警官呢? 你为什么相信他姓顾呢?"

"我为什么相信?"我稍稍想了一下,说,"因为他们说我已经卷入了犯罪集团的活动。"

"你相信吗?"我儿子问。

"我开始是不相信。"我说,"可是公安人员这么说,我能不相信吗?"

"你为什么会相信他们是公安人员呢?"我儿子问。

"因为电话是从公安局刑侦大队打来的啊。"我说。

"你怎么知道电话是从公安局刑侦大队打来的呢?"我儿子问。

"因为——"我说,"它就是从公安局刑侦大队打来的啊。"

"你怎么知道?"我儿子问。

"公安人员自己这么说的啊。"我说。

"我还可以说我的电话是从公安部打来的呢,"我儿子说,"你相信吗?"

"我当然不相信。"我说,"你是我儿子。"

"那你为什么要相信他们说的话呢?!"我儿子说。

"因为他们说我已经卷入了犯罪集团的活动。"我说。

我儿子叹了一口气。"我们又绕回来了。"他说。听得出来,他非常失望。

"是你自己要这么绕的。"我说。

"好了,不要再绕这个怪圈了。"我儿子说,"告诉我,他们到底想干什么?"

"他们要保护我。"我说。

"他们既然发现你已经卷入了犯罪集团的活动,在监控你,怎么又要保护你?"我儿子问。

我想了想,突然又想到了我教过三十多年的马克思主义哲学。"你这就不懂了,"我有点得意地说,"这就叫'辩证法'。"

没有想到我儿子又会用前一次电话的话题回应我。"你上当受骗一辈子还没有够吗?"他不耐烦地说,"这哪里是什么'辩证法',这是骗子设的局。"

我有点后悔自己又一次惹火烧身。"你既然好像什么都知道,还问我干什么?"我不满地说。

我儿子立刻就让自己冷静了下来。"那你说吧。"他说,"我不打断你了。"

"我说到哪里了?"我不满地问。我真是越来越讨厌自己的记忆了!

"你说到了他们要保护你。"我儿子说。

"他们告诉我,我的生命安全目前还没有问题,但是我的银行存款已经受到了威胁。"我说。

"骗子!"我儿子又骂了一句。

"你还想不想让我说下去?!"我不满地说。

"他们下一步就是要了解你存款的数量。"我儿子说,"这都不用你说。"

"你怎么知道?"我问。

"因为他们是骗子。"我儿子说,"百分之一百的骗子。"

"你错了。"我说,"公安人员对我的存款已经了如指掌。"

"你怎么知道?"我儿子问。

"我将存款一笔一笔地报给顾警官听了,他说那与他们掌握的情况完全一致。"我说。

"天啊,"我儿子用很低的声音感叹了一声之后,突然又用很高的声音说,"你怎么可以做这样的蠢事啊!"

我不理解我儿子的语调为什么会有这种强烈的变化。我不知道为什么与公安人员核对存款是一件蠢事。"我真是非常佩服他们。"我继续说,"他们的情况掌握得那么多,又那么细。"

我儿子长叹了一口气。"你怎么这么糊涂啊。"他说,"那哪里是他们掌握的情况,那都是你自己告诉他们的啊。你自己不先说出来,他们怎么能够'掌握'呢?!"

我儿子的话让我充满了懊悔。在焦急地等待着顾警官的那一段时间里,我其实已经隐隐约约地意识到公安机关掌握的情况和我的"坦白"之间的联系。我记得顾警官之前的那个公安人员向我重申了"坦白从宽"的政策之后,我感觉自己的人格遭受了强暴,我感觉自己遭受了从来没有受到过的凌辱。而不可思议的是,凌辱没有将我推上反抗之路,却将我变成了一个迫不及待的"坦白"者,一个想将一切都"坦白"出来的"坦白"者,一个继续遭受凌辱的"坦白"者。事情为什么会是这样?

"你太不冷静了。"我儿子说,"你居然还是有过三十多年教龄的'灵魂工程师',怎么连最起码的心理素质都没有。"

"公安机关已经掌握了我卷入犯罪集团活动的证据,我怎么还可能冷静?!"我不满地说。

"那是他们的谎言啊,"我儿子说,"你怎么去相信他们的谎言呢?!"

"你怎么肯定那就是谎言呢?"我反问。

我儿子又长叹了一口气。"好了,赶快告诉我结果吧。"他说,"我不想再听这些乱七八糟的过程了。"他又有点不耐烦了。

结果当然就是顾警官要求我将存款集中起来,转移到绝密账号上。但是我刚说出"顾警官"这三个字,我儿子就愤怒地打断了我。"不要再用这种让自己丢脸的称呼了,"他说,"他们是骗子,你提到他们的时候就要称他们为'骗子'。"

我儿子的话又是对我的自尊心的沉重打击。我又"让自己丢脸"了。其实,我的脸早就已经丢尽了,在银行小姑娘和老范共同使用的比喻里,在我女儿逼真的噩梦里……我的脸还会继续丢下去,如果我不能在银行开门之后将我女儿的美金兑换出来,我还会继续丢脸。可是,我用什么去兑换?一想起这个没有答案的问题,我就觉得丢脸。我当然不想让自己丢脸。我小心地用"骗子"替换了"顾警官",我告诉儿子,骗子让我将全部的存款集中起来,转移到他们提供的绝密账号上。

"天啊,"我儿子还是用很低的声音感叹了一声,然后又用很高的声音说,"全部的存款?你把全部的存款都转给他们了?!"

"我怎么会那么蠢!"我说。我的口气很硬,但是我的心很虚。

"谢天谢地。"我儿子说,他好像有如释重负的感觉。

"我只是将活期存款集中起来——"我说。

"什么?"我儿子愤怒地打断了我的话,"结果你还是上了他们的当?!"

"我只是将活期上的……"我没有勇气把话说完。我知道我的脸已经丢尽了。我知道我只剩下了深深的懊悔。

我儿子沉默了很久,才用很冷漠的语气说:"你真是辜负了党对你这么多年的教育,连最基本的警惕性都丧失殆尽了。"

我不想回他的嘴,也不敢回他的嘴。我怕我的回嘴会引出他更多难听的话。

"我说对了吧,你这一生都在上当受骗。"我儿子接着说,"最后连晚节也没有能够保住。"

我坚忍着不回他的嘴。我倒要看他还能够怎样羞辱我。我的脸已经丢尽了。什么羞辱我都不怕了。

我儿子没有再继续说让我难堪的话了。"总共有多少?"他用平静的语气问。

我不敢说出准确的数字,我笼统地说有"差不多十几万"。

"天啊,"我儿子还是用很低的声音感叹了一声,然后用更低的声音说,"这都够我在伦敦生活一年了。"

我儿子做的比较立刻激起了我更深的懊悔。我知道他在国外的生活有多么艰难。我知道我随手"泼出去的水"里面还有他存折上的存款。是啊,我为什么会做这样的蠢事呢?我觉得我这个做母亲的在自己儿子面前永远都抬不起头来了。

"还记得我在凌晨给你的那一次电话吗?"我儿子问。

我没有回答。我的心中充满了懊悔。

"那是在你去转账之前还是之后?"我儿子问。

"你不要再问了。"我绝望地说。我的心中充满了懊悔。

"如果你那时候告诉了我……"我儿子说。

"我那时候不可能告诉你。"我绝望地打断了他的话。

"为什么?"我儿子说。

"因为……"我绝望地说,"因为我不可能告诉你。"我那时候处在极度的恐慌之中,我那时候不相信任何人,应该说除了骗子(我的意思是顾警官)之外,我不相信任何人。

"那可能是你唯一的机会吧?"我儿子说,"你没有抓住。"

我请求我儿子不要再责备我了,任何形式的责备都不要。我已经知道"到底发生了什么事情"了,尽管我还是不愿相信和不愿承认。我已经在为让自己丢尽脸面的受骗遭受懊悔的折磨。我知道这折磨会一直纠缠着我,直到我生命的最后一刻。我请求我儿子不要再用任何形式的责备来折磨我。

"事情都已经这样了,责备又有什么用呢?!"我儿子说。他让我赶快休息,不要再想这件事了。他说懊悔也同样毫无用处。

"我不能不想。"我说。我将我现在面对的最棘手的问题告诉了他。"我必须在银行开门之前想出一个办法来。"我接着说。

我女儿的做法让我儿子非常气愤。"她总是喜欢趁火打劫。"他气愤地说。

"这样说她恐怕也不对。"我说,"因为她并不知道到底发生了什么。"

"她知道了肯定催逼得更厉害。"我儿子说。

我没有附和他,但是我知道他说得没有错。我女儿如果知道了事情的真相,她一定会催逼着我马上将她的钱全部赔给她。

我儿子还是让我赶快休息。他说他会认真考虑一下整个的事情,然后再告诉我下一步应该怎么行动。

在放下话筒之前,我再一次提醒我儿子不能够让任何人知道这件事。我的话说得很重,我说否则我就没有办法在这个世界上活下去了。

我儿子让我不要瞎说,不要瞎想。"事情很快就会过去,"他说,"只要人没有出问题就好了。"

刚将话筒放好,电话铃又响了。天哪,这哪里像"事情很快就会过去"的样子。我厌倦地拿起话筒。我又听到了我最不想听到的声音。"这么晚了你还在跟谁通电话?"我女儿问。

"这要问你自己。"我说,"谁让你到处散布谣言。"我故意把话说得非常含糊,不想让她知道刚才我在与谁谈话。

"我打了两个小时都没有打进来。"我女儿说。

"你不要夸张。"我说。

"我一点也没有夸张。"我女儿说。

"你就没有不夸张的时候。"我冷冷地,"你又有什么事?"

"我要跟你核对一下我这边的账号。"我女儿说。

"你知道现在是我们这边的什么时候吗?!"我说。

我女儿好像根本就没有感觉到我的厌倦情绪。"你报一遍给我听吧。"她固执地说。

"你的账号我都能背出来。"我同样固执地说,"没有必要再核对了。"

"我对你的状况很不放心。"我女儿说,"我怕你再出错。"

"什么叫'再'出错?"我气愤地说,"我为你办事什么时候出过错?!"

我女儿这时候好像才注意到我的情绪。"你今天的脾气怎么变得这么不好。"她说,"我只是希望你不要出错。"

"还有别的事吗?"我冷冷地问。

"你一定要赶在银行开门的时候就去。"我女儿说。

"你不要这么逼我。"我气愤地说。

"这怎么叫逼你?!"我女儿反驳说。

这就是我自己的女儿。她在任何时候想到的都只是她自己。我绝望地放下话筒。我又将身体靠到了沙发背上。我看着黑暗里的"空巢",这是比从前任何时候都更空的"空巢"……我的存款没有了,我的自尊没有了,我的脸面没有了……深深的懊悔将无数的"如果"带进我的脑海,它们形成了一股股令我绝望的湍流……很清楚,如果我儿子第一次来电话的时候,我告诉他发生了什么,后面的很多事就都不会发生,巨大的恐慌马上就会消除,随后的疑惑和现在的懊悔根本就不会出现。那并不是我唯一的机会。小雷与我的约会也是我的机会。我为什么要让骗子知道我有那个约会,我为什么要真的取消那个约会? 为了保守秘密,我对谁都说了谎,我为什么不对骗子说一次谎? 如果小雷在我的身边,她一定会像我儿子一样,立刻就识破骗局,我的存款就不会变成"泼出去的水"。我至少失去了两次机会啊。这两次失去让我的懊悔加倍。

小雷是小于介绍我认识的。她是一家保健品公司的业务代表。我永远都不会忘记我们的第一次见面。我尤其不会忘记小雷在沙发上坐下之后说的第一句话。她说她看着我就像看见"自己的亲妈妈"一样。她说她有这种感觉是因为她天生就是一个"很孤独的人"。她说"孤独就像是一个情感的罗盘,它能够让人辨别亲情"。我自己的女儿也许从来就没有将我当成过是"自己的亲妈妈"。小雷的这第一句话带给我的是天伦之乐。我们之间马上就没有距离了。她关于孤独的比喻也很精彩。我从这种比喻里理解了我和我妹妹之间的关系为什么会变得越来越疏远(因为教会和网络让她对孤独失去了感觉)。我们接下来的交谈更是确定了我们这些年亲密交往的基调。小雷拉着我的手,很关切地问起了我的身体状况。我用充满母爱的目光看着她,很私密地谈起了自己身体上的各种问题。"老年保健可是一门大学问。"小雷说。在她看来,只要掌握了这门大学问,我身体上的所有问题就都会迎刃而解。那么,"这大学问应该从什么地方入手呢?"我好奇地问。"当然是从我们公司组织的免费讲座和我们公司推出的保健产品入手。"小雷说着马上从她的手提包里掏出了一盒健脾丸。她说那是他们公司新开发的产品,对便秘特别好。她说那是她特意带给我试用的,不肯收我的钱。"你怎么知道我有便秘呢?"我好奇地问。"哪有女儿不知道妈妈的。"小雷说。我心想,我自己的女儿就不知道。

我们的第一次见面只有一个细节令我不太愉快。在送小雷下楼的时候,她突然问我在中学里是教什么课的。她已经听小于说过我是退休的中学老师。我犹豫了一下。我第一次对"政治课"老师的身份感觉有点尴尬,我担心它会败坏了小雷对"自己的亲妈妈"的感觉。我撒谎说我是教语文的。我的谎言让小雷很开心。"我最喜欢语文课了。"她说,"我的作文总是被语文老师当成范文在班上读。"我感觉更加尴尬了。我觉得自己不应该欺骗一个天真无邪的年轻人。"我最不喜欢的就是政治课。"小雷说,"学的都是没有一点用的东西。"我内疚自己撒了谎,又庆幸自己撒了谎,感觉非常矛盾。"矛盾的普遍性寓于矛盾的特殊性之中……这是什么意思啊。"小雷接着说。我觉得她是一个非常可爱的年轻人。

如果没有遇见小雷,我都不知道自己是否能够活到现在。我记得去年春节前夕的一天,小雷甚至提出来要留下来陪我过,而不是回老家去陪自己的父母。我当然谢绝了这有点过分的好意。但是我的确非常感动,因为我自己的孩子我是求都求不回来的。我记得那一天,我激动地说出了我一直想说的一句话,我说因为她,我其实已经不能算是"空巢"老人了。小雷的反应更是将气氛推向了高潮:她叫了我一声"妈妈"之后说我当然不能算是"空巢"老人。

这五年时间里,我参加了小雷向我推荐的几乎所有的免费老年保健讲座,学到了不少的医学和保健方面的知识;这五年时间里,我也买过小雷向我推荐的几乎所有的保健药品和仪器。有些好的仪器我甚至会多买一台,送给我妹妹,比如那种"老年视力按摩仪"。根据小雷的推荐,那种仪器不仅能够消除疲劳,还能够消除炎症,甚至对防止白内障、青光眼以及视网膜脱落等都有一定的效果。我没有为在这些药品和仪器上的花销单独做过账。但是可以肯定,不管花了多少钱,这些钱花得开心、花得值得,因为它是为小雷花的,为对我无微不至的小雷花的,为将我当成"自己的亲妈妈"的小雷花的。说实话,我一直为自己没有买下小雷极力推荐的"多功能桑拿室"而觉得很对不起她。我的心脏不好,本来并不适合蒸桑拿。但是,小雷的极力推荐却还是让我动了心。可惜我的洗手间实在是太小了,想什么办法都装不下那整套设备,最后还是放弃了。我相信她知道我的放弃与其实有点超出我的消费能力的价格没有任何关系。

小雷的细心一次次地感动过我。我们认识的这些年里,她从来没有忘记过我的生日。这是我女儿和我儿子都没有做到的。小雷的周到也同样给我带来过无数的温暖。举一个很小的例子,有两次因为担心迟到,我是坐着出租车去听免费保健讲座的。小雷知道后,坚决要给我当天买的那一批保健品九五折的优惠。我很感动又很不好意思,马上买了两瓶对我没有什么用处的"益智养颜丸"(后来我将它们送给了我的钟点工)。小雷经常说她自己是最善解人意的人。这真不是空洞的自我标榜。我可以随便举出许多生动的例子来证明这一点:她理解我的孤独。她理解我的烦恼。她理解我的一切。她的电话是我最愿意接听的电话。她推荐的保健品是我唯一信任和唯一购买的保健品。我曾经在我女儿的电话里夸奖过小雷。她当然不爱听。她不爱听就算了,她还要说闲话。她说我们之间的关系不正常。"你将来会要吃大亏的。"她甚至这样说。

我不知道自己为什么生不出小雷这样的女儿。每次与我女儿冲突之后,我都会这样自问。她刚才的电话又让我感觉到了身心的疲惫。我从沙发上站起来,摸黑回到了卧室,回到了床上。我还是没有一点睡意。我回想着刚才与我儿子的通话。是的,他说得对,顾警官(糟糕,又忘了,应该说是"骗子")"掌握的情况"其实都是我自己提供的,而我对他的依赖和信赖都是恐慌的结果。"罪证"、"口供"、"卷入"、"犯罪集团"等等这些与我的身份和生活完全对立的词汇突然进入了我的生活,突然改变了我的身份,这毁灭性的灾难引起了我心理巨大的恐慌。我的自尊心和自信心顷刻间就被击溃。我是有将近四十年教龄的"人类灵魂工程师",我也经历过生活中的腥风血雨,我怎么会如此地不堪一击?怎么会如此轻易地就陷入了如此荒唐的骗局?……我有太多的疑惑,我有太深的懊悔。现在,意识到自己的被骗,同时要向自己和别人承认这丢尽脸面的被骗,我的自尊心和自信心又遭受了第二次致命的打击……说实话,我的确感到了那种最彻底的绝望,那种差不多五十年前让我在荒野的铁轨上坐下来的绝望。我的确感到自己没有办法在这个世界上再活下去了。

你们这些骗子。你们到底是谁?你们为什么要给我打来顷刻间就将我的心理击溃的电话?你们为什么要骗我?你们自己有父母吗?你们自己是父母吗?你们要用你们骗到的钱去抚养你们的父母吗?你们要用你们骗到的钱去投资你们孩子的教育吗?你们为什么要骗我们这些"空巢"老人,我们这些缺乏社会的关爱、也缺乏自我保护能力的"空巢"老人?你们骗走的不仅仅是我们的钱,你们知道吗?你们还骗走了我们对这个国家的信任,骗走了我们对这个时代的信任,骗走了我们对人的信任,甚至骗走了我们对我们自己的信任,对我们自己整个一生的信任。你们这些骗子。我恨你们,你们这些骗子!

  我的大脑异常亢奋。我的情绪异常激动。我知道我不可能睡着。我在无法遏制的懊悔中等待着,等待着我儿子的电话,等待着他的救援和呵护。我想靠在他的身后,躲在他的身后,不想让任何人看到我的脸。我从来没有想到过自己会遭受如此荒唐的诈骗:骗子甚至都没有出现就将我能够集中在一起的存款全部骗走了。这荒唐透顶的受骗已经让我丢尽了脸。说实话,在听到林彪事件文件传达的当天,我也有过上当受骗的感觉:为什么一个人可以刹那间就从天上掉到地上,从天大的好人(伟大领袖的接班人)变成最大的坏人?但是,那种受骗并没有我个人积极主动的配合,对我个人也没有造成实际的经济损失。那只是"蒙骗"。而我刚刚经历的是造成了我个人(以及我家人)巨大经济损失的"诈骗"。更荒唐的是,我自己也"卷入"了这场对自己财产的掠夺和对自己身体与心理的摧残。也就是说,我既是可怜的受害者,又是可恨的合作者。想想我在接到我儿子第一次电话的时候的那种恐慌就知道事情有多么荒唐,那本来是可以力挽狂澜的电话啊;再想想我自己在转账成功之后的那种得意:那其实是我一生中最丢面子的失败啊。我羞愧难当。我追悔莫及。

电话铃终于响了。是我儿子。当然是我儿子。我正在等待他的救援和呵护。他首先也像我妹妹那样,让我"一定要想开一点",不要再责备自己,也不要再内疚和懊悔。他说经济上的损失是小事,关键是人,如果经济上的损失转化成了对人身心健康的伤害,那才是真正的灾难。"你知道,我们自己家里就已经有这样的先例。"他这样说。我相信我妹妹也已经告诉过他我妹夫自杀的"真实原因"了。接着,他又问我自己的生活现在有没有问题。我告诉他没有问题,生活费我已经留出来了,而且这个月的退休工资也快到了。最后,我儿子向我要了他妹妹的账号,他说他会直接从伦敦将美金转给她。他估计他妹妹肯定还会想知道我们为什么要这样做。他说如果她要问起,就说他正好需要人民币急用,所以就与我做了这一次"内部交易"。

我非常感激我儿子果断又秘密地为我解决了这燃眉之急。当然,我同时又感觉极度的内疚和不安。"我很快就会将这笔钱还给你的,"我说,"还有你自己的那笔钱。"

我儿子很不高兴我再提钱的事。他说我现在的当务之急是要调整好自己的身心状态,尽快走出阴影。他提醒我不要"向钱看",而要"向前看"。

我没有想到我儿子会这么通情达理。他的这种态度让我更加懊悔自己没有能够抓住那一次机会。"我会照顾好自己的。"我用充满感激的语气说,"你放心。我马上就休息。"

我以为我们的谈话就这样结束了。我以为这最特殊的一天就这样在母子之间关爱和体贴的气氛中结束了。没有想到我儿子会给我出一个新的难题。"你现在可能还不能休息。"他说,"你还有一件重要的事要做。"

"还有什么重要的事要做?"我费解地问。

"你需要对今天的事做一个了结。"我儿子说,"否则你很难走出它的阴影。"

"怎么了结?"我费解地问。

"你应该去派出所报案。"我儿子说。

我不敢相信我听到的话。"你说什么?"我问,"你说我应该去报案?"

"是的。"我儿子说,"这是你必须做的事情。"

"这怎么可以?!"我说,"报案不等于就是开新闻发布会吗?"我让自己缓了一下之后,接着说,"我可不愿意到报纸或者电视上去丢脸。"

"你又不是名人,你被骗了不会成为新闻。"我儿子说。

"我会因为被骗而变成名人。"我说,"你不要让我去出这样的名。"

"你必须去报案。"我儿子有点不耐烦地说。

"为什么?"我不满地问。

"首先,你需要对今天的事做一个了结。"我儿子说,"其次,报案之后说不定还会有一线希望,能够追回一点经济上的损失。"

"你刚才不是让我不要再提钱的事了吗?"我不满地问。

"这是两码事。"我儿子说。

"我不去。"我说。我不想让所有人都知道让我丢尽了脸的事情。

"那好吧。我告诉你最重要的理由吧。"我儿子说,"你知道吗,你现在是真正已经卷入了犯罪集团的活动,因为你已经将自己的存款转入到他们提供的账号上去了。他们会用你提供的资金去买毒品,去雇杀手……"

"你不要再说了。"我气愤地打断了他。他的想象力又将我带进了新的恐慌之中。

"如果你不报案,警察很可能马上就会来找你。"我儿子说,"这次可是真的警察,不是顾警官。"

我儿子的话让我意识到这最特殊的一天仍然没有结束。我很恐慌。我很绝望。"你怎么也像他们一样吓唬我,"我说,"我已经受够了。"

"我不是吓唬你。我只是要你去报案。"我儿子说,"这对你自己和对公安机关都很重要。"

"你知道现在是什么时候吗?"我绝望地问。

"你当然也可以天亮以后再去。"我儿子说,"不过,一定要尽快。报完案,你就踏实很多了,你就会开始走出阴影。"

我将脸侧过去,绝望地望着凌晨的窗外。

"要我是你,我就现在去。"我儿子说,"白天去很容易被熟人看到。"

我仍然绝望地望着凌晨的窗外。我没有回应我儿子的话。

"你不是睡不着吗?"我儿子说,"为什么不现在去呢?"

"我还没有决定去不去呢。你不要再说了。"说完,我沮丧地放下了话筒。

第四章

大解放

寅时(凌晨三点到凌晨五点)

我在床上辗转反侧,对是不是去报案仍然非常犹豫。在我儿子的启发下,我对自己上当受骗的事实已经确信无疑。这种确信是我这一整天来心理上的一个转折点。它首先根除了我的恐慌,因为它否定了关于我"已经卷入了犯罪集团活动"的指控,恢复了我的名誉。我现在知道那指控不过是骗子的一种心理战术,或者说骗子设下的一个"局";它也根除了我的疑惑,因为它让我知道装扮成顾警官的骗子根本就不会出现。我现在知道"顾警官"说下午三点钟要来找我不过是骗子的又一种心理战术:一方面它让我相信公安人员的真实性;另一方面它又将我钓在悬念之中,让我既恐惧又期盼,让我更有要将存款转移成功的紧迫感和使命感。是的,我儿子刚才说得很有道理:我现在才是真正"卷入了犯罪集团的活动"。我转到他们账号上去的是一笔高达六位数的存款。那对我当然是一笔"巨款"。我对犯罪分子的慷慨足以证明我"卷入"的深度。如果这笔"巨款"被他们用来从事犯罪活动,我当然要承担应有的惩罚。是的,真正的警察很可能马上就会出现在我的面前。而他们来找我的目的可能就是要把我带走,让我在铁窗之后度过余生。我的"空巢"从此就完全"空"了,真"空"了。考虑到这一点,报案当然对我有利,因为它将证明我不是同案犯,而是受害者。可是我真的不想让另外的人知道我上当受骗的经过。这最特殊的一天是我一生中的奇耻大辱,是我永远的难言之隐。它一旦被公之于世,我与所有人的关系都会发生改变:我将不再是值得尊重的退休老师,我将不再是值得信赖的姐姐和母亲,我将不再是值得羡慕的同事和邻居……所有这些"值得"将会急剧贬值为"值得同情"。这让我想起了自己的第一份理财产品。而且很多人还会认为我活该,认为我不值得同情。谁能保证我不会成为媒体关注的焦点呢?报纸上的巨大标题已经在我的脑海里翻转:"老教师遭遇大骗局","'空巢'老人的'泼水节'","一个电话与十万巨款"等等等等,我不想在被骗子羞辱了之后再被媒体羞辱,我不想被任何人认为"值得同情"或者"不值得同情"。

我需要克服这痛苦不堪的犹豫。我需要更多的鼓励和支持。我想到了小雷。她是我这些年来最有力的鼓励者和支持者。她的鼓励和支持让我经常忘记自己"空巢"老人的状况。没有小雷,我甚至可能都活不到今天。两年前的一个晚上,我突然莫名其妙地发起了高烧,同时身体瘙痒无比,很快到了忍无可忍的地步。我给小雷打去求救的电话,她马上就赶了过来,并且坚决果断地将我送到了医院(那是我最近这些年来唯一的一次在天黑的时候出门)。在我的状况缓解下来之后,医生问我小雷是女儿还是儿媳妇。"哪里会有这么好的儿媳妇啊。"我得意地看着坐在我床边的小雷说。医生称赞小雷将我送院及时,否则,"后果就不堪设想了"。事实上,小雷在任何时候头脑都非常清晰,感情都非常真挚。她总是向着我,从来都不会让我有不好的感觉。我想到了她。我当然不能说是我自己被骗了,否则她马上就会赶过来,我太了解她了。我可以说被骗的是一个与我有关的人,比如我妹妹。我只是想听听她的意见,看看我妹妹到底要不要去报案。

向小雷咨询的想法让我有点兴奋。我坐起来,打开床头柜上的台灯。我知道小雷是任何时候都不会关手机的人。她也总是告诉我,只要我有需要,可以在任何时候打电话给她。我兴奋地按下了小雷的号码。怎么回事?我再按了一次。怎么回事？……我一共按了五次，每次听到的都是同样的提示。小雷居然关了机。我只能"稍后再拨"。这是我认识她以来第一次从她的手机里听到关机的提示。

刚刚激起的兴奋又荡然无存了。我沮丧地放下话筒，沮丧地躺下。我有点不安，不知道小雷为什么会关机。当然，我不愿意去多想。我必须想清楚自己的问题：去报案，还是不去报案。如果去，它将是我一生中的第一次报案。我不知道它的过程会有多么复杂。我更不知道它到底会有什么后果。我儿子说得有道理，现在去比白天去好。我不想被熟人看到。我儿子刚才的话都很有道理。他面对危险的时候，总是比较冷静，好像从小就是这样。我女儿的情况正好相反。一点小事就可以让我女儿惊慌失措……现在想来，我自己其实也是这样。

所有人都说我在儿子和女儿之间明显偏心。我承认。不过，我必须说明，这种偏心完全建立在性格和性情的基础之上，与性别毫无关系。我相信，任何一个理智健全的家长都会有这种偏心。我儿子性格沉稳、为人诚实，他的心里总是装着别人，他的眼睛里总是荡漾着温情。我每次生病他都体贴入微。我现在还清楚地记得他坐在煤油炉旁边为我煎熬中药时的那种无比认真的神情。那时候他还不到六岁吧。从小到大的每一个阶段，我儿子都给我带来过无数的骄傲。这与我女儿的情况完全相反。在公共场合下，我从来都会迫不及待地想要别人知道我是我儿子的母亲。可是我不记得有多少次了，我会因为我女儿的表现羞愧得唯恐别人知道我们的关系。我一直想不通两个出自同一个子宫的孩子为什么在性格上会有如此巨大的差异。我自己怀孕期间遭受的折磨当然对我女儿的心理产生了灾难性的影响。但是，"灾变"肯定不是造成这种差异的全部原因。

我儿子的变化或者说我儿子与我之间的隔膜完全是我的儿媳妇带来的。我从一开始就不喜欢那个对什么事情都要发表一通看法的女孩子。我觉得她一点都不踏实，一点都不会过日子。不会过日子也许并不可怕，可怕的是，她甚至一点都不"想"过实实在在的日子。她满脑子都是不切实际的想法，浅薄浮躁的想法。我尤其受不了她对国外生活顽固的向往。那种向往提早很多年就预告了我现在的"空巢"生活。那种向往让她的语言变得简单又刻薄。每次谈起恶劣的自然环境和丑恶的社会现象，她永远只有一句刻薄的评语："中国真不是人呆的地方。"这也让我很不舒服。我也极为反感她当着我的面突然改用英语与我儿子交谈，好像有什么事情需要瞒着我。自从他们的关系明确之后，我儿子发生了很大的变化。他变得不关心人了，或者说变得只关心她了;他变得不愿意跟我说话了,或者说变得只愿意与她说话了。他对我和他父亲会有许多的抱怨。他甚至会抱怨我做的菜太咸或者太淡。他们是在我退休的那一年结婚的。结婚之后,他们在家里住了将近四年。那一段时间里,我们家的规模达到了它的极值,而我却经常感觉自己就像是一个无家可归的空灵。

现在想起来,我自己身体和心理上的许多问题都是在那一段时间里暴露出来的。空荡荡的心理缠绕着沉甸甸的身体:我以前从来没有体验过身与心之间的那种耗人的纠葛。最坏的结果在一个很平常的下午出现:午休起来之后,我觉得有点无聊,去百货公司转了一圈。回来走到最后那个拐口,我突然感觉双腿发软,完全无法支撑沉重的身体。我一下子就瘫倒到了地上。一位正好从那里路过的邻居将我搀扶起来,用他的自行车将我推回到了家里。我直接走进卧室,在床上躺下。我迷茫地望着窗外越来越暗的天色,对自己的身体和未来都充满了忧虑。我丈夫正好在当天上午离开,到上海出差去了。我女儿也已经有两天没有回家了。她正在陪护一位因为失恋而自杀未遂的中学同学(我女儿好像就是从那以后对"所有的男人"都有了很坏的看法)。我盼望着我儿子和儿媳妇下班回家。我想他们也许会像我自己一样对我的身体状况充满了忧虑,甚至会坚持要带我去医院检查一下。他们是一起回来的。回来之后,他们直接进了自己的房间。过了很长一段时间,我儿子才出现在我的门口。他问我晚上家里是不是没有饭吃。"我有点不舒服。"我低声说。他应该能从我的口气里听出我为自己不能做晚饭的歉意。我儿子立刻转身走了,没再多说一句话。我听到他和我儿媳妇马上就一起出门了,当然应该是找晚饭吃去了。他们关门的声音让我感觉很凄凉。我闭上眼睛,想忘记那种凄凉的感觉。没有想到,我儿子认真为我熬药的样子会突然浮现在我的脑海里。我知道,如果倒退二十年,听到我说"有点不舒服",我儿子一定会走近我的身边,问我是哪里不舒服。这"如果"带来了更为凄凉的感觉。时间是不会倒流的……我的眼眶湿了。我感觉"家"就像是一场骗局。

那骗局还要继续蚕食我的生活。大约两个小时之后,我听到我儿子和儿媳妇回来了。他们还是直接回到了自己的房间里。很快,我听到了从那里传出的"美国之音"的新闻节目。新闻节目刚完,我儿子又出现在我的门口。他告诉我,他们这些天一直在外面找房子,下午刚看好了一处,明天就要搬出去住了。"明天?"我有点不敢相信自己的听觉。"明天!"我儿子重复了一遍。从他沉稳的口气里,我能够感觉得到,搬走对他们并不是一个突然的决定。他们肯定为自己生活上的得失做过很仔细的"可行性研究"。我能说什么呢?我什么都不能说。不管这对我意味着多大的"失",我只能有一种态度,那就是接受。我儿子转身的一刹那,我就强烈地感觉到了那一股不可抗拒的力。那是一股黑色的力。它将我一直带进了今天这生活的"空巢"。

第二天早上,我独自去医院做检查。医生不是太清楚我突然摔倒的原因。但是从验血的结果,他断定我患有糖尿病。他提醒我今后一定要节制饮食、加强锻炼,并且定期检查血糖的情况。我一直认为糖尿病是一种老年病。医生的诊断结果首先让我想到的是自己已经步入老年。我带着对生命淡淡的厌倦走出医院大门。我发现世界完全变了,变成了一个糖尿病人眼中的世界,变成了一个老年人眼中的世界。这是四年前退休的那一天我都没有过的发现。

电话铃又响了,但是谢天谢地,它只响了两声就停了。我不想再接电话了。我需要尽快作出是否去报案的决定。我稍稍侧过脸去,瞥了一眼台灯旁的闹钟。本来,我只是想知道一下现在的时间。没有想到,这竟成了跨越时空的一瞥。闹钟上指针的位置用一种神奇的力量抓住了我,将我拖进了"文化大革命"高潮中的一个寒夜。那时候,我儿子六岁,我女儿三岁。那时候,我每天晚上都要去单位开会。出门的时候,我会交代我儿子照顾好他妹妹。然后,我会从外面将门锁上。回家的时候,两个孩子一定都已经睡着了……只有那天晚上是一个例外。我走进房间的时候,发现我儿子抱着被子蜷缩在床和墙的夹角里。他说他妹妹已经睡着了,但是他自己睡不着。我摸了摸他的头,意识到他正在发烧。我喂了他一片退烧药,安慰他说睡一觉就好了。他很顺从地在我身边躺下。可是在半夜里,他推醒了我。他说他冷。我摸了摸他滚烫的身体。我意识到他比吃退烧药之前烧得更加厉害了。我马上起床,给他穿好衣服。我自己也迅速穿好了衣服。我告诉他,我要带他去医院。他身体已经很虚弱了,但是他心里还在想着别人。他的眼睛一直望着他熟睡的妹妹。我安慰他说她不会醒,留着她一个人在家里没有关系。我用我自己的一件旧棉袄裹紧了他,抱着他出了门。我花了很长的时间才喊醒了传达室的师傅。他为我打开学校大门的时候,骂骂咧咧地说了一些我听不懂的话。我知道他很不高兴。我对他连续说了几声对不起。然后,我尽全力往医院赶去。我完全感觉不到黑暗,我完全感觉不到寒冷,我完全感觉不到疲劳……但是,我儿子突然提出的一个问题让我感到了恐惧。我已经远远看到医院门口的红十字灯箱了。我也已经闻到了空气中稀薄的来苏尔的气味。我知道我儿子的高烧马上就会得到控制了。我没有想到,他会用梦呓般的声音问我一个六岁的孩子不该问的问题:"妈妈,我会死吗?"他的问题让我感到了恐惧。我竭尽全力抱紧了他,好像怕他虚弱的身体马上就会滑落到另外的世界。"不会的。"我说,"不会的。"他应该不知道他之前的那个孩子还没有满月就离开了人世。我从来没有告诉过他。我不想让他的生命笼罩着死亡的阴影。"我不想死。"我儿子梦呓般的声音还在黑夜和寒冷中晃动,"妈妈,我不想死。"我竭尽全力地抱紧了他。我不会让他虚弱的身体滑落到另外的世界。

那次急性肺炎是我儿子到目前为止得过的唯一一场大病。他的体温让两位在急诊室值班的医生面面相觑。他们马上将他送进了急救室。他们一边准备注射的药剂,一边责备我太不负责,不应该这么晚才将孩子送来。"如果再晚一点,后果就不堪设想了。"那位高个子的医生说。

现在想起来,那天医生在称赞小雷送院及时的时候说的也是同样的话。我觉得很内疚。尽管刚好避开了不堪设想的"后果",我还是觉得很内疚。医生一共给我儿子注射了四针。在第三针和第四针之间,我瞥了一眼急救室墙上的挂钟,那上面指针的位置正好就是我刚才瞥见的闹钟上指针的位置。三十多年之后我才知道,那是跨越时空的一瞥,也是命中注定的一瞥。

我甚至觉得刚才闹钟上指针的位置显示的就是我儿子出生的时间。我已经彻底忘记了我儿子出生的时间。"你什么都可以忘记,却不应该忘记自己儿子出生的时间。"我儿子后来经常会这么抱怨我。他的抱怨会让我更加内疚。因为不知道自己的出生时间,我儿子无法请算命先生为自己算命。他经常说他的命算不出来是他终生的遗憾。我的忘记其实有很多的理由。记得因为过度的紧张,我在分娩前两天就住进了医院。进产房的时间好像是半夜。但是,我在产房里呆了很长的时间之后产前的阵痛才开始出现。我自己不可能知道分娩完成的具体时间。而且当时医院不会给新生儿签发出生证,因此也没有留下书面的记录(没有出生证或者出生证不像样也被我儿媳妇当成"中国不是人呆的地方"的一个理由。她坚决要等到出国之后再生孩子就是想让他们的孩子有一张像样的出生证。甚至可以说,她逼我儿子出国的一个重要理由就是想让他们的孩子有一张像样的出生证)。加上我丈夫当时也不在我的身边(好像是他们学校的实验室突然发生了很严重的火灾),他也不可能给我提供任何线索。两个孩子出生的时候,我丈夫都不在我的身边。尽管他的两次"不在"都有很充分的理由（我儿子出生的当天，他们学校出现了突发事件，而女儿的出生本身就是突发事件），我还是觉得这永远无法弥补的缺陷是我们之间的陌生感的重要根源。

那命中注定的一瞥给了我在这个时刻出门的勇气，给了我坦然地面对公安人员的勇气。我马上走进洗手间，首先认认真真地洗了脸，然后又认认真真地梳好头。在洗脸的时候，我两次停下来端详镜子里的自己。我觉得这一整天的折磨让自己憔悴了许多。我不能让别人看出我的憔悴。我要以较好的精神面貌出现在公安人员的面前。我将钱包从纸袋里拿出来，放到茶几上。我只需要带着钥匙、眼镜、圆珠笔和身份证。出门前，我忍不住又给小雷打了一次电话，听到的还是关机的提示。我当然会有一点不安，但是我没有去多想。

我走出大楼。我走出小区。那跨越时空的一瞥已经驱散了我对黑夜的恐惧。更何况走到马路上之后，我意识到黑夜其实已经不是纯粹的黑夜了，就像白昼已经不是纯粹的白昼一样。经久不散的雾霾占据着我们的城市。它将白昼变成了灰蒙蒙的白昼，也将黑夜变成了脏兮兮的黑夜。我记得我儿子高中阶段的作文里经常出现"阴霾"这个词，因为他的语文老师经常布置他们写批判"文化大革命"的议论文。他的语文老师是教育界的权威,也是最早被带上"右派"帽子的权威。他在带上"右派"帽子之后,失去了教书的资格,成了学校里待遇最低的清洁工,专门负责打扫学校里的公共厕所。他当了将近二十年的清洁工,到"文化大革命"结束一年之后才重新回到了讲台上。我儿子开始以为"霾"与"狸"同音,并且也有意思上的关联。也就是说,它应该是像狐狸一样狡猾、不容易被发现的东西。没有想到,三十多年之后,它不仅每天都会出现在我们的眼前,而且随时都会进入我们的身体。它让我们中国人的肺癌发病率排名世界第一。我一位最近去世的同事就是因肺癌去世的。他从发现癌变到去世只经过了不到两个月的时间。而我妹妹上星期告诉我,他们的教会里最近有三位教友相继去世,都是因为肺癌。她居住的城市位于华北平原的正中,空气污染的程度远比南方城市严重,据说一年中不为雾霾所困的日子累计不到一个月。我妹妹说,她现在每天都在为雾消霾散做祈祷。"万能的主一定要管一管这件事了。"她说。

派出所离小区只有两站路的距离。我经常从那里路过,但是从来没有走进过它的大门。我儿子和我女儿现在都是外籍身份。按照公安机关张贴在我们楼下的通告,他们回来之后哪怕是在家里短期停留,都应该去派出所登记。记得上次我女儿回来的时候,我提醒过她去登记,却被她骂了一通。她骂我"多事",骂我"教条"。那不是"多事"和"教条",我争辩说,那叫"遵纪守法"。更何况通告上还写明了"一经查出"的后果。我女儿用不以为然的口气说,根本就不会有人来查。她没有丝毫的收敛,每天都大摇大摆地在小区里出出进进。那一段时间,我不仅为她担心,也为我自己担心。不过她真是说对了,一直到她要离开的那一天,她也没有遇到"一经查出"的麻烦。她临走的时候没有忘记挖苦我两句,还教训我以后不要"自己吓唬自己"。我一直对她的挖苦和教训耿耿于怀。但是现在想来,如果能够像她那样藐视权威、目无法纪,我今天也许就不会上当受骗了。

派出所接待室的简陋和混乱令我有点吃惊。它完全不是我一路上想象的那种庄严和神圣的样子。我走进去的时候,里面已经有四批报案的人。其中有两批人正在左侧角落的桌子上填写报案单。值班警官的桌子在右侧的角落里。一个干瘦的老头儿正坐在身体肥胖的值班警官的跟前。而门边的长椅上坐着一对情绪愤怒的男女。他们显然是排在老人后面的报案者。长椅的旁边是一张带窗口的门,窗口被一张复印纸封遮得只剩下了四周的一条缝。复印纸上面写着"临时羁押室"。

我也在长椅上坐下。我注意到接待室里这时候并没有人抽烟,但是却弥漫着浓重的烟味。值班警官对坐在他跟前的老人已经有点不耐烦了。"实话告诉你吧,上百万的案子我们都管不过来。"他说,"像你这么一点钱……"

"这对我可不是一点钱。"干瘦的老头儿说,"这是我一生的积蓄啊。"

"公安机关又不是为你一个人服务的。"值班警官说。

"你们一定要为我将这笔钱追回来。"干瘦的老头儿说。

"我现在可以明确告诉你,可能性非常小。"值班警官说。

"你怎么是这种态度?!"干瘦的老头儿激动地说,"你怎么能说这么不负责任的话?!"

"我说这话就是在对你负责任。"值班警官说。

"那我还要不要报案啊?"干瘦的老头儿问。

"这是你自己的事情。"值班警察说,"要想报案就先去填写报案单。"

"如果根本就破不了案,我还报案干什么?!"干瘦的老头儿沮丧地说。

"我已经跟你说过好几遍了,报案和破案是两码事。"值班警官不耐烦地说,"如果大家都不报案,犯罪分子不就更猖狂了吗?"

老头儿沮丧地站起来,坐到了角落的桌子边,好像还是准备填写报案单。值班警官站起来,走到"临时羁押室"的门口,从窗口的缝隙朝里面看了一阵。然后,他回到自己的座位上,并且示意那一对男女过去。我这时候才注意到那个女人背在身后的双手是被一根塑料绳捆住的。那个男人粗暴地拽着女人的手臂走过去,将她按到了刚才老头儿坐着的位置上。

"你们是什么情况?"值班警官有点心不在焉地问。

"她想对我施暴。"那个男人说。

"家庭暴力。"值班警官说着,在他的记事本上登记了一下。

"她说要废了我的老二。"那个男人说着,从身后拔出一把菜刀拍到了桌面上。"凶器我都带来了。"他情绪激动地说。

我不敢相信自己的眼睛。我也不敢相信自己的耳朵。我为什么会到这种地方来?我悄悄地责问自己。我这一整天遭受的羞辱已经够多的了,为什么还要继续?这完全不是我应该来的地方。

值班警官若无其事地拿起菜刀看了看,然后将它扔到桌子底下的那个纸箱里。"你这么一个年轻漂亮的女孩子,怎么会有这么野蛮的想法呢?"值班警官问。

"谁叫他在外面养了小三。"那个女人同样是情绪激动地说。

值班警官看了那个男人一眼,然后,将一张报案单推到了他们的跟前。

那个女人情绪激动地扭动了一下身体。"怎么就一张?"她不满地问。

"什么意思?"值班警官问。

"我也要报案。"那个女人情绪激动地说。

"你要报什么案?"值班警官问。

"他在外面养了小三。"那个女人情绪激动地说。

"养小三这件事我们真管不了,"值班警官司严肃地说,"废老二这件事我们还必须管。"说着,他挥手示意他们走开。

我没有想到会看到这样的场面,会听到这样的对话。这实在不是我应该来的地方。我是一个有将近四十年教龄的退休老教师。"清白"是我一生的写照,是我一生的荣誉。这实在不是我应该来的地方。我有点坐不住了。在值班警官对我示意的时候,我已经站起来,想要离开了。我犹豫了一下之后,很不情愿地走到了值班警官的跟前,很不情愿地坐下。尽管看得出来值班警官根本就不在意报案者的态度,我还是想用得体的方式,或者说"我"的方式与他交谈。"我应该怎么称呼你?"我首先很有礼貌地问。

值班警官心不在焉的回答几乎将我吓晕过去。那是我毫无思想准备的回答,或者说那是我早有思想准备的回答。"你说什么?"我用充满恐慌的口气问。

"你的耳朵有问题?!"值班警官不太礼貌地说。

"是啊,"我说,"都快八十岁的人了。"

值班警官用不耐烦的目光看了我一眼,大声重复了一遍他刚才的回答。

我听清楚了。我刚才其实就已经听清楚了。我打了一个巨大的寒颤。我马上就感到了裤裆里的湿和热。我将两条腿紧紧地夹住。"不可能。"我说,"这不可能。"我根本不敢相信他的回答。

"你这是什么意思?"值班警官问。

"我……"我说,"我觉得这不可能。"

"怎么不可能?!"值班警官说,"我爷爷姓顾,我爸爸姓顾,我自己当然也姓顾。这怎么不可能?!"

恐慌和疑惑突然又都回到了我的身体里,时间突然又流回到了最黑暗的死角。我的前方好像又是一个陷阱,又是一个骗局。"这么说,你是顾警官?"我战战兢兢地问。其实这并不是我真正想问的问题。其实我真正想问的问题是"你'就'是顾警官?"或者"你'也'是顾警官?"。也就是说,我想知道我眼前的顾警官与我只听到过声音的顾警官之间有什么关系。

"大家都这么叫我。"值班警官说。

我充满恐慌地看着他。"我儿子说不能这么叫。"我说。我不知道自己怎么会恐慌到说出这样的话。

"为什么?"值班警官问。

"因为……"我说,"我也不知道。"我不敢相信这纯粹是巧合。我也不愿相信这完全是阴谋。但是我意识到自己不应该再这么纠缠下去了。我的心情非常不好,我心脏的感觉也非常不好,还有我的裤裆里好像也越来越湿,越来越热了。我没有能力再这么纠缠下去了。我只想回去,回到我的"空巢"里去。

值班警官又翻开了他的记事本。"你要报什么案?"他问。

到底他"就"是顾警官还是他"也"是顾警官?这个问题回答不了,我是不是应该报案就成了一个问题。如果坐在我对面的顾警官"就"是骗我将存款集中起来转入绝密账号的顾警官,我的报案就成了自投罗网。我可能马上就会被关进那间"临时羁押室",或者我会死在回"空巢"的路上。我不想死得不明不白。我更不想死去之后还要躺在马路上,继续遭受雾霾的侵害。"其实是我儿子要我来的。"我说。我只想尽快找到可以脱身的借口。

没有想到,我的话会将顾警官引向了一个错误(其实应该说是"正确")的方向。"他要报什么案?"他马上改口问。

我感觉我很快就可以脱身了。"诈骗。"我说,"电信诈骗。"

顾警官在记事本上做好登记之后,将一张报案单推到我的面前。"他本人为什么不来?"他问。

"他说他的脸已经丢尽了。"我撒谎说,"他说他已经没脸见人了。"我不知道我还要为自己的上当受骗撒多少谎。

顾警官显然并不认为我在撒谎。"你最好拿回去让他本人填。"他说。

我没有想到自己就这么轻而易举地摆脱了顾警官。走出接待室的时候,我不敢显得太兴奋。但是刚走出派出所的大门,我就加快了脚步。我的心情与刚才来派出所路上的心情完全相反,刚才我走得很慢。我对"目的地"有那么多的顾虑,我不想面对警察,也不想面对自己,我不想将自己的羞耻暴露在警察的面前。现在我走得很快。我只想尽快回到我的"空巢"里,那是我的"目的地",那是我的"避难所"。但是,我并不知道我是否还能够回得去,因为刚才的经历已经改变了我对世界的感觉,或者我与世界的关系:在我离开"空巢"的时候,"顾警官"还只是一个名称和一段声音。现在,我已经"看见"了他。他已经是一个人,一个活生生的人,一个我不敢再"看见"的人。他的形象已经深深地印刻在我的头脑中。这是将会被我带进"空巢"的形象。这是将会要陪伴我走完人生最后一段路程的形象。它的每一次重现都会让我面对哲学和科学都无法回答的问题:他是真的顾警官吗?我的意思是,他是假的顾警官吗?

这让我想起了那一天在我们的楼下拦住我的那个年轻人。他穿着皱巴巴的白大褂。他的普通话带着很奇怪的口音,我根本就听不懂。他说了一大通之后,强行对我进行了免费检查。他将一支"电子探测器"贴近我的假牙。根据它上面显示的数据,年轻人说,我的假牙需要更新了。他掏出一张名片,在反面写下了日期和时间。然后,他将名片和一张优惠卡递给我。他说他已经为我预约了最好的专家。他又说六十五岁以上的老人在他们牙科中心配制假牙可以享受六五折的优惠。他为我预约的日期还没有到,我就从报纸上看到了那家牙科中心被查封的报道。报道中提到,他们的进口假牙全部是出自国内无牌乡镇企业的假冒伪劣产品,使用的材料对人体有极大的危害。我记得同样被那个年轻人强行免费检查过的老范也读到了那篇报道。他调侃说:"现在连假的东西都有假了,真的东西还怎么可能是真的呢?"这是一个不可思议的时代。过去我们总是用"史无前例"来形容"文化大革命"。现在,我们日常生活中发生的许多事情都称得上是"史无前例"。我感叹说,这种什么都"假"的时代根本就不适合老年人生活。而老范笑了笑,说:"其实可能任何时代都不适合老年人生活。"他的这句好像是开玩笑一样的话让我好几天都不大舒服。

卯时(凌晨五点到上午七点)

我急着想回到"空巢"里的一个重要原因是我急着想换裤子。刚才的小便失禁不仅让我非常痛苦,也让我很不舒服。如果我没有记错的话,这是我一生中的第三次小便失禁。我的第一次小便失禁发生在抗战胜利之后不久,我在家乡的中学上初中一年级的时候。那一天,我肚子拉得很厉害,本来应该在家里休息,但是,我不想耽误了关于《赤壁赋》的最后一次课,坚持去了学校。而事实上在教室里,我根本就不可能集中注意力,因为我的大肠一直在发出奇怪的声音。突然,老师叫到了我的名字,他要我站起来背诵课文。我站起来其实都非常费力,但是我坚持站了起来。我不想让同学们知道我身体的状况。不过,我的状况影响了我的背诵。背到"侣鱼虾而友麋鹿"我就卡住了。在老师的提示下,我总算想起了随后的一句,但是再往后我就再也想不起来了。我一生中的第一次小便失禁就发生在这个时候。我开始担心,紧张会让我拉稀,那会让满教室立刻就弥漫着恶臭。好在失禁的只是小便。我仍然觉得非常丢脸,因为诗句没有出来,而尿水却湿透了我的裤裆。老师让我坐下之后,我更加觉得难受,不仅因为我更强烈地感到了裤子的湿热,还因为我从课本上看到了后面的两句:"寄蜉蝣于天地,渺沧海之一粟。哀吾生之须臾,羡长江之无穷!"这曾经是流淌在我血液里的句子啊,怎么突然会消失得无影无踪?

我的第二次小便失禁发生在那次我们学校的书记找我谈话之前。当时我正在教研室里备课,好像是备关于"质变量变规律"的课。学校政工科的科长来到了我的身旁,通知我马上跟他去书记办公室。他说书记要找我谈话。他严肃的表情让我马上就想起了我丈夫单位的领导与我谈话的内容。我的身体猛地哆嗦了一下。我的裤裆里顿时就有了黏黏糊糊的感觉。幸亏我当时穿着很厚的裤子,尿水并没有透出来。我跟着政工科长直接去了办公室。在谈话过程中,我的双手始终垫在屁股底下。我担心尿水会慢慢透到裤子的外面来。义正辞严的书记没有看出我的异常。她要求我尽快与我的剥削阶级家庭划清界限,否则我可能会像那些"右派分子"一样,被从讲台上拉下来。我的这位极左的领导自己在"文化大革命"的高潮中也挨了整。八十年代的后期,她投奔她的儿子在纽约定居了。我女儿有一次还在唐人街的一家餐馆遇见过她。据说,她在去纽约之后不久就信了教,现在已经变成了一名非常虔诚的基督徒。她的这种转变困扰了我很长一段时间:一个那样顽固的共产党员怎么会变成一个那样虔诚的基督徒?后来还是老范的解释消除了我的疑惑。那一天不知怎么与老范谈起了我这位领导的转变和我的疑惑。老范的解释非常简洁。他笑着说:"其实所有的宗教都是相通的。"

我刚解开裤子,电话铃又响了。我一手提着裤子,一手接起电话。不出我的所料,是我儿子的电话。他说他刚才来过一次电话,因为我没有接,他估计我是去派出所报案去了。我说我的确是去了派出所,但是我没有报案。"为什么?"他问。我说我遇上了一件非常可疑的事情,但是我不能马上跟他说,我让他十分钟之后再打过来。我不好意说实话,我撒谎说我急着要上洗手间。

在洗手间里脱掉裤子之后,我的确感到了大肠部位的一阵异动。这让我万分欣喜。从昨天中午去银行转账以来没完没了的风波让我将便秘的事都差不多忘了。已经三天了,不能再拖了。我马上坐到了马桶上。我提醒自己不要分散注意力,要将全部的意念都集中在自己的肠道上。可是,随着时间一秒一秒地流逝,我的大肠却变得越来越安静了。这是怎么回事?就在我又要开始对自己绝望的时候,电话铃响了。

我冲到卧室里抓起子机的话筒,又冲进洗手间在马桶上坐下。当然是我儿子的电话。他问我上完洗手间没有。我说还没有上完,不过我现在可以跟他说话了。然后,我想从头开始回顾报案的经过。但是,我儿子很快就没有兴趣了。他打断了我的话。他要我告诉他遇到了什么"非常可疑的事情"。

我稍稍沉默了一下。然后,我用恐惧的语气说:"接待我的居然是顾警官。"

"你说什么?!"我儿子吃惊地说。

"接待我的居然是顾警官。"我用恐惧的语气重复了一遍我说的话。

"你怎么知道?"我儿子问。

"他亲口告诉我的啊!"我说。

"这怎么可能?!"我儿子说。

"我也说不可能。"我说,"可是他说他爷爷就姓顾,他爸爸也姓顾……"

我儿子显然松了一大口气。他打断了我的话。"那他自己当然也姓顾了。"他说,"不过,他不是'顾警官'。"

"他亲口告诉我大家都叫他'顾警官'。"我说。

"大家叫他'顾警官'是因为他姓顾。"我儿子说,"他不是骗你的那个'顾警官'。骗你的那个'顾警官'很可能根本就不姓顾。"

我被我儿子的话搅糊涂了。

"你现在真是糊涂了。"我儿子说。

他的这句话让我很不高兴。"我本来是不糊涂的。"我说,"我是被你搅糊涂的。"

"你赶快去报案吧。"我儿子不耐烦地说,"不要再耽误时间了。"

"我怎么敢向顾警官报顾警官的案?!"我说。

"你现在真是糊涂了。"我儿子说,"世界上难道只有一个顾警官吗?!"

"世界上有多少顾警官跟我没有关系,"我说,"但是如果他就是那个真的顾警官,问题就大了。"

"那个顾警官就不是真的。"我儿子说。他显得更加不耐烦了。

我不明白我儿子为什么就是不明白我的意思。"好吧,"我改口说,"如果他就是那个假的顾警官,问题就大了。"

"一个坐在派出所里接待群众报案的警官怎么可能是假的呢!"我儿子大声说。他还是没有明白我的意思。

"不要忘了顾警官说过银行里都有'内鬼'。"我说,"你敢保证派出所里就没有'内鬼'吗?"

我儿子被我的话惹急了。"你怎么还在相信那个骗子说的话?!"他大声说,"你真是已经被他们骗糊涂了。"

我不想让他用我上当受骗的事来羞辱我。"我是被你搅糊涂的。"我说。

我儿子说他不想跟我再这么胡搅蛮缠了。"你马上去报案。"他用命令的口气说。

"我没有那么糊涂。"我说,"我不会去。"

我儿子深深地叹了一口气。"我觉得你已经被他们骗出精神病来了。"他说,"这是我最担心的结果。这是真正的损失。"

"精神病?你不要胡说。"我说,"我感觉自己很正常。"

"很少有精神病患者觉得自己不正常。"我儿子说,"我觉得你已经被他们吓出问题来了。"

我儿子的话又将我推到了巨大的恐慌之中。我的身心已经到了濒临崩溃的边缘,我不想再有新的病,尤其是我自己感觉不到的病。"你不要再吓我了。"我用虚弱的声音说。

"你赶快去报案。"我儿子说,"报案本身就是一种治疗。报完案你就解放了。"

我沉默了一下说:"那不是我应该去的地方。"我在那里感觉到的羞辱放大了我因为上当受骗而蒙受的羞辱。那不是解放,那是更深的囚禁。

我没想到我儿子这时候会对我实施冷酷无情的"经济制裁"。他说他正在准备给他妹妹转钱,如果我不马上去报案,他就会马上停止。"你到底去不去?"他逼着我回答。

我非常伤心。我当然不能让他停止他的经济援助,但是我不想再去蒙受那样的羞辱。"那真不是我应该去的地方。"我绝望地说着,挂断了电话。

这时候,一阵咳嗽声打破了"空巢"里短暂的寂静。我抬起头来。晨光已经渗进了客厅。我母亲又坐在了沙发上。"没有你不应该去的地方。"她说,"这个世界上没有你不应该去的地方。"

"那真不是我应该去的地方。"我绝望地说。

"从前你也把'家'当成你不应该去的地方。"我母亲说。

我没有想到她会用我自己的话将我带到让我难堪的话题上。我有点不知所措。

"你差不多三十年没有回去过。"我母亲说。

"二十七年。"我说。

"不到八十公里的距离。"我母亲说。

"八十五公里。"我说。

"你却不愿意回去。"我母亲说。

"不是我不愿意。"我说。

"你说你怕。"我母亲说,"可是你怕什么?"

"……"

"你好像是怕那里的空气会弄脏了你的身体。"我母亲说。

"……"

"那里发生的事情你都不知道:扫地出门,大炼钢铁,还有接下来的苦日子……"我母亲说,"我们都不敢告诉你。"

"这些我都知道。"我说。

"我是说你不知道'我们'是怎么经历的,'我们'是怎么过来的。"我母亲说。她将"我们"发得很重,好像是想再一次切断我与他们之间的关系。

我不敢为自己辩解。我不想为自己辩解。我那时候深陷在历史与个人荒谬的矛盾之中:我自己跟着一个激动人心的新时代在往上走,而我的剥削阶级家庭却因为那个新时代的到来在往下沉。过去的阴影在威胁着我的前途。终极的绝望在威胁着我的希望。我同样充满了恐慌,同样充满了疑惑。

"也许你根本就不想知道。"我母亲说,"或者你不敢知道。"

"我都知道。"我说。

"你是从哪里知道的?"我母亲说,"报纸、广播、文件……"

"……"

"报纸上的话都是假话。你疯舅舅早就告诉过你了。"我母亲说着,又咳嗽了两声。她的情绪非常激动。"那时候你才三岁。"她接着说,"你疯舅舅就已经告诉你了。"

"那是疯话。"我说。

"疯子不会骗人。"我母亲说,"疯子说的一定是真话。"

我母亲的话让我非常绝望。疯子不会给我打来电话,给我打来电话的是假冒成公安人员的骗子。

"我不是责备你。"我母亲说,"我不会责备你。"

"……"

"但是你父亲一直在责备你。"我母亲接着说。

我知道她又会要提到我那封"绝情的信"。我不愿意她再提到。

"我没有读过那封信。"我母亲说,"我甚至都没有问过你父亲,你在信里写了什么。"

"我说过那不是我自己想写的信。"我说。

"你父亲的反应已经告诉了我信的内容。"我母亲说。

"那不是我自己想写的信。"我说。

"但那就是你自己写的信。"我母亲说。

"……"

"那天半夜,你父亲突然抱着我痛哭起来。"我母亲说,"你知道他是一个多么冷漠的人啊,好像任何事都不会让他动感情。他居然会那么动情地抱着我哭,哭得那么久,哭得那么惨。你可以想象你的信给他造成了怎样的伤害。"

我当然知道我父亲是一个多么冷漠的人。他不仅从来都没有在我面前哭过,甚至也几乎没有在我面前笑过。他总是皱着眉头,好像自己面对着一个灾难深重的世界。在我的生活中,他就像是一个陌生人。不知道为什么,从刚懂事的时候开始,一种很奇怪的想法就经常出现在我的头脑中:我想我生活中的这个陌生人将来会出家去当和尚。我最要好的那两个朋友都是在父亲的溺爱中长大的。她们谈论父亲时的语言和表情都让我羡慕无比。我对父爱唯一的体验发生在刚进高中那一年。那一天中午快放学的时候,校长到教室里来告诉我,有人在学校的门口等我。那是我父亲。他说他正好到城里来办事,顺便来看看我。他说他要带我出去吃饭。他说他已经为我向校长请过假了。我父亲带我去了学校外面那条小街上最好的餐馆。他为我点了我最爱吃的姜片子鸡和爆炒猪肚。我从来没有单独与父亲一起吃过饭,我的感觉很奇特。我父亲问起了我们学校的情况和我自己学习的情况。他甚至问起了我将来有什么打算。那是一次非常温馨的交谈,那也是我与我父亲之间唯一的一次可以称得上是"交谈"的交谈。吃过饭之后,我父亲还一定要带我去小街尽头左拐出去不远的那家百货商店。那是城里最大的百货商店。他说他要为我去买袜子。他说我上次回家的时候,他看到我的所有袜子都有点破了。我玩笑着告诉他,我右脚的大拇指好像长得特别快,所以我的袜子很容易破。我记得听到我的这种说法,我父亲露出了笑脸。那是我一生中唯一的体验到了父爱的时刻。

"我一辈子只看他哭过那一次。"我母亲说,"我们被扫地出门的那一天,他突然失去了那么多东西:家园、财产、佣人、悠闲,当然还有尊严……但是,他没有哭。我想那是因为他知道他还有什么。他还有希望,他还有你们。"

我父亲那天一口气给我买了五双袜子。我不会忘记我当时是多么地得意。那是做女儿的得意。我迫不及待地与我父亲告别,迫不及待地跑回自己的寝室,迫不及待地将我正在午休的两个好朋友叫醒,要她们看着我将五双袜子都试了一遍。我得意的表现让我的两个好朋友都非常开心。从那天开始,"五双"就成了我的绰号。在我们高中毕业五十年的聚会上,所有在场的同学都还记得我的那个绰号。

"但是你的信让他痛哭起来。"我母亲说,"他哭得那么久,哭得那么惨。我想那不仅是因为他在为自己的女儿送终或者白发人送黑发人。我想那是因为他在为自己送终。"

这是我第一次听到我母亲将我那封"绝情的信"与我父亲的死联系在一起。我很难受。

"那封信对他造成的伤害是致命的。"我母亲继续说。"如果不是因为它,他不会死得那么早。"

我父亲死于一九七八年的春天,死于脑溢血。"文化大革命"已经在半年前正式宣布结束了,社会生活已经在开始发生巨大的变化。我和我妹妹早在一年前就已经商量好,决定将两位老人接到城里来住。这个决定让我父母都非常开心。但是，我父亲坚决不肯与我同住，甚至短期的同住都不肯。其实那时候，我已经主动地恢复了与他们的关系。我甚至利用节假日回到曾经二十七年没有回去过的老家看望过他们几次。从表面上看，我们已经实现了关系正常化。我没有想到他会对与我同住那么在意。我当然不好多说，但是我妹妹一直都在力劝。我父亲没有丝毫松动。我经常听见我母亲抱怨他很固执，却没有想到他会如此固执。等到我妹妹定下了来接他们过去的时间之后，已经是一九七八年的春天了。我母亲后来告诉我，我父亲对能够彻底离开让他受尽了屈辱的家乡非常兴奋。他最后的那一个星期每天都邀邻居中的同龄朋友来家里喝酒。他的脑溢血发生在我妹妹上火车来接他们的那一天早上。我母亲说，那天早上，我父亲刚从床上下来就一头栽到了地上。邻居中的一个年轻人用手扶拖拉机将他送到了县中医院，但是医生说已经太晚了。

"我这不是责备你。"我母亲说，"我只是想让你知道你的那封信对他意味着什么。"

我很难受。我不可能想到我的那封信对我父亲会造成致命的打击。我不可能不去责备自己……关于我父亲的很多事情，我是到了与我母亲单独住在一起的那些年里才知道的。那时候,我母亲也经常与我谈起过去。她慢条斯理的叙述填补了我记忆中的许多空白。比如我知道了那一天我父亲去学校看我其实是想去向我告别的。我母亲说那之前半年,他突然产生了出家的念头,家里的人都很着急。他们想方设法劝阻他,都无济于事。他离开的那一天只允许我母亲一个人去送他。在他们分手的时候,他对不能与她白头偕老请求她的原谅。他还告诉她路过省城的时候他会去看我。我母亲请求他不要对我说实话,不要让我知道他已经决定要出家。我父亲在外面逛了三四个月,去了衡山、嵩山和普陀山……不过不知道什么原因,他最后还是回来了,从此也不再提出家的事。我母亲说那时候已经是徐蚌会战(我纠正说是"淮海战役")的前夕,我父亲经过的一些地区后来成为了国共双方军队伤亡惨重的前线,但是他也从来没有提过在那些地方看到的景象。

我也是从我母亲慢条斯理的叙述里知道了他们被扫地出门之后的生活细节。在我的爷爷奶奶被关到县监狱(他们没有能够活着从那里出来)去之后不久的一天,土改工作队的人突然带着一些民兵来到我们家,他们让我父母带好自己的日常用品马上离开。"你知道,那不仅是你和你妹妹出生的地方,也是你父亲和你爷爷出生的地方,那是我们祖祖辈辈的家。但是,他们突然就来了,用枪逼着我们,要我们马上离开。"我母亲说。她并没有去刻意控制自己的情绪。她的慢条斯理显得非常自然。"这与诈骗不同。诈骗是巧取,这是豪夺。"她接着说。当时,我妹妹还没有放学回来。我父母在她回家的路上等到她,告诉她,她已经回不了家了。我妹妹马上想到的是她枕头边的洋娃娃。她说她要去拿那个洋娃娃。我父亲骂了她。他说活人都活不下去了,还管什么洋娃娃。"这是一夜之间的幻灭:昨天你还丰衣足食,今天你就一无所有了。"我母亲说,"我现在都不觉得那是真的。"说到这里,我母亲突然笑了一下。这让我想起了我死在襁褓中的女儿最后的笑。与那种笑不同,我母亲的笑是对生活的嘲笑。"你知道那时候经常有土匪来抢劫。每次他们走后,你爷爷总是说,他们就是把东西都抢走了,还是会留下一个'空巢'。那是我们的根,他们抢不走我们的根。"我母亲慢条斯理地说,"可是'他们'不同。"她将后面的这个"他们"发得很重,将它们与前面的"他们"区别出来。"他们将我们当成垃圾,当成灰尘,他们将我们扫地出门,连'空巢'都没有留给我们。"

两个民兵将我父母和我妹妹押送到我们家从前一个佃农家的猪栏屋。那是他们过渡的住处。在为他们找到新的住处之前,他们将要住在那里。他们在那里住了四个月。土改工作队的人同意将我们原来家里最差的床和两床长工用的被褥"借"给我父母。猪栏屋里只有一个可以开出那张床的位置。开好之后,床的一头正好顶住了猪栏。住在那里,噪音和气味自然不用说了,而猪栏屋的门还形同虚设,主人随时都可能进来查看那五头猪吃食的情况。"我们自己家的猪栏屋我们平时都没有进去过,"我母亲说,"可是我们要住在佃农家的猪栏屋里。"我母亲叹了一口气。"你应不应该去哪里其实并不是你自己能够决定的。"她说。

接下来的一天,我父母和我妹妹整天都没有吃东西。第三天清早,我母亲决定带着我妹妹去讨吃的。她们不敢在附近的村子里讨,但是她们又没有力气走太远。她们讨了一个上午,只讨到了两只红薯。我母亲决定再试最后一家的时候,开门的居然是我们家从前的一位长工。长工惊恐万状地看着她们。我母亲还没有开口,他就知道了她们的来意。他说家里已经没有剩饭了,他示意她们赶快离开,以免被邻居们看见。我爷爷奶奶和我父母从来对长工们都特别好,我母亲没有想到那位长工见到她会那么惊慌。紧接着,长工当着他们的面关上了门。我母亲说那个时刻她强烈地感觉到了世态的炎凉……但是很快,那种感觉就被一个令她终生难忘的细节冲散了。在往回走出去一段之后,我母亲和我妹妹看见长工的儿子从她们身边跑过。他跑到她们马上要经过的田埂上,将手里捧着的那一包发黄的报纸包放下,又跑了回来。我母亲和我妹妹走到已经被水汽浸湿的报纸包跟前,她们回头看见长工的儿子躲在那棵大樟树下朝这边张望。我母亲明白了。她让我妹妹打开报纸。她们看到了还冒着一点热气的米饭。她们一起跪下了。我妹妹马上用手抓着米饭一把一把地往嘴里塞。我母亲摸着她的头,提醒她要为我父亲留一点。她没有想到,她的话让我妹妹停了下来。接着,她将刚准备塞进自己嘴里的饭塞进了我母亲的嘴里。

我母亲说她一开始无法接受那种幻灭。她总是问自己:"这是我应该过的生活吗?"可是后来,她的问题变了,变成了"这难道不是我们应该过的生活吗?"她接受了那样的生活。她接受了生活对她的侮辱。她觉得那就是她"应该过"的生活。她觉得活着就是遭受侮辱,就是受尽侮辱。她说她因为自己能够"接受"而对"革命"怀有一种很深的感激。她感激革命革掉了她的羞耻感,将她变成了世界上"最厚颜无耻的女人"。也就是说,外部的革命引发了她灵魂深处的一场"革命"。如果还有任何羞耻感,她也不可能"若无其事"地经历她所经历的这一切,活到现在。她的感激让我看到了同一场革命对我自己的影响:革命激起了我前所未有的羞耻感。我开始恐惧生活中的任何污点,我甚至会因为自己的出身而抬不起头来,我会将它当成是一个巨大的污点,我一生都在努力洗刷这个污点。有一天,我与老范谈起了革命对我们母女结果对立的改造。他感叹说:"这可以说是'同曲异工'啊。"

我与我母亲最后那几年单独的相处改变了我对她和对我自己的许多看法。以前我一直以为她是一个脆弱的女人,到那时候我才知道她的性格是多么的坚强:她没有被时代的变迁压垮,她没有被侮辱压垮,她没有被"没有"压垮。这种坚强一直延续到了她生命的最后一刻。恐惧在她的心中没有位置。她死得那么平静,那么安详。任何人看到她的那种平静和安详,都会敬畏她对生活的嘲笑。而我一直以为我自己是一个坚强的女人,我从来都没有做过落后分子。在"文化大革命"期间,甚至在来例假的时候,我都照样带着学生们行军和插秧。而我在做完人工流产的第二天,照样参加了全市的反美游行和集会。可是我现在知道那种坚强只是一种假象。我没有灵魂深处的平静和安详。我现在对黄昏都充满了恐惧,天黑之后,更是连门都不敢出。我现在对电话铃声都充满了恐惧。我不仅恐惧再一次上当受骗,我还恐惧对我的上当受骗的关注和关心。

我母亲从来都没有产生过自杀的想法。性格坚强只是原因之一。另一个更重要的原因是她有强大的精神支柱。那就是她每天都会哼诵无数遍的《心经》。她告诉我,大概五六岁的时候她就跟着她笃信佛教的母亲背会了《心经》。但是直到住进猪栏屋的那些日子里,她才完全理解了它里面一字一句的意思。她笑我父亲虽然是一个想出家的人,其实并没有什么悟性,到死也没有彻悟"色即是空,空即是色"的道理,所以他才会因为我"绝情的信"而悲痛欲绝,所以他一辈子都闷闷不乐。我母亲说她不会。她在那幻灭之后已经看到了绝对的"空"。与绝对的"空"相比,"空巢"实在是过于平庸,因为它还牵挂着"巢",而她自己早在六十年前就被"扫地出门"了,就已经没有"巢"了。我相信我母亲一生中唯一的一次人工流产肯定与她对"空"的体悟有密切关系,因为它就发生在她在猪栏屋居住的那一段时间。我母亲告诉过我她用的是多年前从我们家族中那位德高望重的老中医那里偷到的秘方。她最后将那个三个半月的胎儿拉在了猪栏屋旁边的粪坑里。"从那时候开始,我觉得'母亲'是一种罪名。"我母亲说,"将生命带到这个世界上来遭受折磨是一种罪过。"还有比将"母亲"当成是一种罪名更"空"的人生体悟吗?!

"这个世界上没有你不应该去的地方。"我好像又听见我母亲重复了一遍她刚说过的话。但是,我抬起头来,却发现她已经不在沙发上了。她的消失没有改变我的心态。我还是很难受。我还是在责备自己。我还是觉得我儿子逼我去的地方是我不应该去的地方。

应该说我比刚才更难受了,因为我的双脚都已经感觉麻木。我这才意识到自己已经在马桶上坐得太久了。我费劲地站起来,并且马上用双手撑住洗脸池的边沿,等发麻的感觉慢慢消退。还没有等到它完全消退,我瞥见了刚才放在洗脸池边的子机话筒。我马上又不安起来。我犹豫了一下,还是拿起它,按下了小雷的号码……仍然是关机的提示。这真是太奇怪了,就像这一整天的所有事情一样。这是怎么回事?怎么从来不会发生的事情今天(或者应该说是"昨天")都会发生?怎么从来不会发生的事情还在继续发生?……当然,我不需要太为小雷操心。我安慰自己。小雷是非常周到和稳重的人。她不会出什么问题。而且她说过今天要过来看我的。到那时候,我自然就会知道她关机的原因。

我回到卧室,穿上了干净的裤子。刚才在顾警官面前小便失禁的感觉又清晰地出现在我的头脑中。整个一天发生的所有事情都依然是那样清晰……这本身就是"从来都不会发生的"怪事。我的记忆力从来就没有让我骄傲过。而大概是被查出糖尿病前后的那段时间里,记忆力的衰退更是非常明显。医生说对我"这个年纪的人"那十分正常。我知道我已经是"老年人"了,在公共汽车上已经有很多人会主动给我让座位了,但是她使用的限定条件还是让我无法接受,让我十分恐慌。我一直到九十年代中期,才慢慢习惯用对我"这个年纪的人"一类的标准来衡量自己的生理状况。那位左翼青年的《空巢歌》里说"记忆是空巢",这真成了我的"空巢"生活的一种写照。不记得三分钟之前读过的文章的内容,不记得五分钟之前买过的东西的价钱,这对我都已经不是什么稀罕的事情了。想想我每天要为找眼镜花费多少时间吧……为了维持正常的生活秩序,我必须借助许多的辅助记忆手段。比如吃药这件事吧,不借助我用来做冰块的那个塑料模具,我就很容易漏吃、多吃甚至吃错。每天晚上临睡之前,我的一项重要工作就是按时间的次序将第二天要吃的药在模具的小格中放好……但是,我却能记得这最特殊的一天里发生的所有事情。所有事情,从假顾警官之前的那个骗子报出我名字引起的恐慌到真顾警官报出他称呼引起的小便失禁,最后直到我母亲的第四次显现……这记忆的奇迹让我惊叹又让我不安。这是心理的奇迹还是身体的奇迹? 自从知道自己"已经卷入了犯罪集团的活动"之后,我的心理和身体状况都发生了奇怪的变化。我就已经不是我自己了。我就"有点不太对劲了"。我就变成了一个陌生人。所有的人都察觉到了这一点。而我自己的"直接经验"当然更加栩栩如生。我记得接踵而至的全部细节和全部感受……如此真切的记忆,如此清晰的记忆,如此不可思议的记忆。我想,受骗也许是一种药,一种防止老年痴呆的特效药。这特效令我惊叹又不安。

我母亲也经常向我抱怨自己的记忆,她说那些不该忘记的事情她统统都会忘记,而那些不该记得的事情她却总是记得很清楚。这当然是夸张的说法。但是它提醒我,生活中的许多事情其实是"不该记得的"。这是我在准备写今天(应该说是"昨天")的日记的时候也想到过的。为了尽快走出阴影,我应该忘记这一整天发生的所有事情。按照我儿子的意思,这正好就是报案的目的。可是,报案本身却需要我的记忆,并且会强化我的记忆。这是令我痛苦的矛盾。我真的不愿意再走进那间龌龊不堪的接待室,那真的是我不应该去的地方,但是我承受不起我儿子威胁要施加的"经济制裁"。这同样是令我痛苦的矛盾。

我拿着报案单坐到了书桌旁。我意识到真切和清晰的记忆反而增加了填写报案单的难度。我不可能也没有必要在报案单上写出全部的细节。我必须对案情做出合理的筛选,就像一个作家筛选自己的素材一样:转账的金额当然必须准确;绝密账号的细节当然必须详尽;至于骗子的心理战术和我自己的愚蠢反应,我决定不多写甚至不写。而报案单最不真实的地方是我从头到尾都没有提到"顾警官"三个字。为了不让真的顾警官产生联想,我用"骗子"代替了假的顾警官。

我刚开始填写的时候就已经有了浅浅的睡意。随着案情的不断深入,我的睡意变得越来越浓。到报案单完全填好之后,我的眼睛已经完全睁不开了。我顺势趴到书桌上,想稍微迷糊一下。没有想到,我很快就沉入了嘈杂无比的梦境。

那是一个巨大的集会。上百万的集会群众包围着一个临时搭建起来的深蓝色的舞台。舞台上站着上百位白发苍苍的老人。他们轮流走到音量惊人的麦克风前面,讲述自己被诈骗的经历。他们所有人的经历都比我的要更荒诞和悲惨。我是最后一位发言者。当我走近麦克风的时候,集会的气氛已经到了群情激奋的程度。我的声音完全被此起彼伏的口号声淹没了。我知道我自己的经历已经变得无足轻重。我激动地望着无边无际的人群。突然,六十多年前的狂喜又从我内心的最深处喷薄出来。那是我的一生中只出现过一次的狂喜。那是"初夜"的狂喜。那是决定献身的狂喜。那是获得解放的狂喜……我望着无边无际的人海,我感觉我们深蓝色的舞台就像是象征着解放的灯塔。我握紧了麦克风,领着全体集会者以同样的节拍喊出了我们的口号:救救老人!救救老人!救救老人!救救老人!……

我被那震耳欲聋的声音惊醒了。我将已经流到嘴边的口水缩回到嘴里。我站起来,走出书房。零乱的餐桌又引起了我的注意和反感。我一边叹气,一边将碗筷收进厨房。然后,我打开冰箱,犹豫早餐应该吃点什么。这时候,电话铃又响了。我想肯定是我女儿,实际上却是我妹妹。"你睡好了吗?"我妹妹问。我说我刚刚才睡了一下,还做了一个梦。"我也做了一个梦。"我妹妹说,"我梦见了主。"而我告诉她,我梦见的是人,很多人。"主穿着唐装,站在我们家过去的橘园里。"我妹妹说。"他怎么有点像后现代的国家元首?!"我调侃说。我觉得那种时髦的装束很滑稽。"他告诉我,你已经向他忏悔了。"我妹妹说。我心里揪紧了一下,她的意思是不是我已经承认自己上当受骗的事实?"这是真的吗?"我妹妹问。我稍稍迟疑了一下,还是用调侃的口气说:"你难道不相信他?!"我妹妹显然不高兴我的这种回应:"我是不相信你。"她说。我笑了笑,说:"我现在感觉好多了。"我妹妹说她已经听出来了。她说她很高兴我能够好起来。然后,她提醒我不要忘了尽快试一试她为我网购的"老年保健内裤"。我说我会的。

辰时(上午七点到上午九点)

我的胃又不舒服了,我的胃又极不舒服了……我想吐。我冲进洗手间,在马桶前俯下身,想试着看能不能吐出来。我什么也没有吐出来。我现在只要稍微吃急一点,胃就会不舒服,甚至极不舒服。以前不是这样的。以前我总是向人吹嘘自己有一个特殊的胃。以前我什么都能吃:冷的热的、生的熟的、荤的素的、硬的软的、洋的土的……而且我总是吃得很快,从来都不细嚼慢咽。我母亲非常看不惯我这一点。从我有记忆的时候开始,只要她坐在我身边吃饭,她总是会提醒我"细嚼慢咽"。糖尿病被查出来之后,我必须开始节制饮食。这种节制肯定对我的胃造成了严重的伤害。它变得非常娇嫩了,就好像是一个早产儿的胃。只要食物稍微冷一点、稍微硬一点、稍微油一点……只要我稍微吃得急一点,我的胃马上就会有激烈的反应。刚才我就吃得很急,因为我的心思完全没有放在早餐上。我在想报案的时候,顾警官会问我一些什么问题。而且我又接到了一次我女儿的电话。她问我是不是已经准备去银行了。我急急忙忙咽下了嘴里的那一口面包。"钱已经转到你的账上了。"我说。"怎么回事?"我女儿问。"你不要管怎么回事。"我说,"钱到你的账上就好了。"没有想到我女儿会继续羞辱我。"你还是有点不太对劲。"她说。她的话气得我什么都不想再说了。

也有可能是牛奶的问题。在好几家奶制品公司往鲜奶中添加"三聚氰胺"的消息被媒体曝光之后,我就没有再买过鲜奶了。冰箱里的这两盒是小雷上次来看我的时候带给我的。我在撕开纸盒之前,留意了一下到期的日期,正好是昨天。我的昨天就是我的今天,或者说我现在仍然生活在昨天。我自然没有过期的强烈感觉。更何况在我的生活中,食品是否还能食用的最终裁定者从来都不是印在包装上的日期,而是我的眼力和嗅觉。我的眼力已经远不如从前那么精准了,我的嗅觉也已经远不如从前那么灵敏了,但是我始终维护它们的绝对权威,维护它们的"终身制"。我撕开纸盒之后,先看了看,觉得没有什么异样,再闻一闻,也觉得没有什么异味,当然就没有舍得将它们倒掉。最重要的原因还是"道德"。我从来都很节约,从来都不会随便扔东西(从这一点上,没有人能够看出我出身于"剥削阶级家庭")。

其实,我们这一代人大概都是这样。我们牢记着"节约光荣,浪费可耻"的教导。"节约"是我们的美德。说起这一点,我又会想起我与我女儿之间的许多冲突。她对我的"节约"不仅说过很难听的话,也做过很粗暴的事。她经常趁我不注意的时候将我舍不得随便扔掉的旧东西(如旧瓶子、旧衣服、旧报纸等等)扔掉。这也是我绝对不会将自己被诈骗的事情告诉她的原因之一。如果知道我这个连洗脸水都不舍得浪费(都要留下来冲马桶)的人,一口气将六位数的存款转给从来都没有见过面的骗子,她会说一些什么难听的话?她会说我"大方",会说我"慷慨",会说我"革命"……"你'节约'的目的原来真是为了'闹革命'啊。"她会用我牢记在心的语录羞辱我。

我不仅没有将已经过期的牛奶倒掉,而且还将两盒都喝掉了。从洗手间出来的时候,我有点后悔自己刚才的"节约"。现在好了,我突然想,我现在是上不吐下不泻,这显然是比"上吐下泻"更严重的病态。我沮丧地坐到沙发上,一边轻轻按压着胃部,一边读着刚填写好的报案单。全部读下来,我只发现漏掉了五个并不是很重要的字。我马上将那五个字补上。然后,我想重新再读一遍我写出的经过。但是只读了两句,我突然又感到了一阵揪心的恐慌,好像自己陷入了另一场骗局:案情的经过我都写出来了,而且写得非常清楚,但是从这些文字里,我却丝毫感觉不到自己亲身经历时的情绪,那些复杂、矛盾和强烈的情绪。我已经不再是亲历者,而只是旁观者;我已经不再是情绪波动的主体,而只是条理清晰的客体。我清楚地看到了自己的经历与自己对经历的叙述之间的距离。天啊,这由我自己独立完成的骗局与由顾警官设计操纵的骗局之间有明显的"家族相似性":它们都与"词"有关,它们都是语言的骗局……语言,语言,我们赖以生存的语言可能就是一切骗局的根源……我不敢再往下想了。再往下想,我就会彻底失去往前走的勇气。

胃部的不适稍稍缓解之后,我就出门了。不知道什么时候刮起的微弱的北风减轻了空气中雾霾的程度。我的感觉比凌晨那一趟出门时要好多了。走过小区儿童游乐场的时候,我突然想起了高中化学老师在关于"空气"的课上说过的话。他说,空气不是"空"的气。我和我的那两位好朋友都觉得这种说法很有意思。那天下课之后,我们一起跑到操场上,闭上眼睛,全神贯注地呼吸……可是,我们都没有能够闻出空气的"不空"来。我们都非常失望。六十多年过去了,那纯真的场面却依然那么纯真。我的眼眶突然湿了。幸亏我的那两位好朋友都已经不在人世,我伤心地想,否则她们会更加失望,因为空气的"不空"现在用眼睛都已经能够看得出来了。

在小区的门口,我看见老范提着刚买的早点回来。他在我前面几步远的地方停下来,用诧异的目光看着我。我举起手往前指了指,示意我要急着去办事,不能停下来跟他说话。但是走过几步之后,我突然想起了昨天晚上收到的那封信。我马上停下来,转身叫住了老范。老范也马上转过身,朝我走了过来。"谢谢。"我说。老范当然知道我谢谢的是什么。他摆了摆手,说:"我只是想告诉你,没有什么大不了的事情。"我轻轻地叹了一口气,然后做出了要转身的姿势。"你今天的气色好多了。"老范说。这也许就是他用诧异的目光看着我的原因?"谢谢。"我说着,转身走了。

走着走着,我想起了老范跟我说过的他一生中最特殊的经历:他曾经上到过纽约世贸大厦的顶层,而且是在"九一一"的前一天下午。他说与那次经历有关的两个场面改变了他对人生和世界的看法。他说从顶层的窗口往下看,地面上的行人就像是蚂蚁一样。他说那种场面让他马上就意识到了生命的卑微以及自己过去几十年生活的荒谬;而第二天早上,他在电视屏幕上看到的场面更是给了他空前绝后的冲击。他说他马上就意识到了生命的脆弱以及全部人类历史的荒谬。老范说,"九一一"成了他的解放日。他说他从此挣脱了所有的成见和迷执,成了一个自由人(其实我知道他并不是彻底的自由人,因为他还是怕老婆。而且我觉得"九一一"让他对坐飞机产生了恐惧,那或许就是他不肯再去美国的"真实原因")。

我也有一次类似的特殊经历,但是我从来没有跟老范说起过。那是我们缩短了我们在伦敦探亲时间的一个原因。在伦敦的那两个多月时间,我过得很不愉快。主要当然是因为我儿媳妇。她每天的表情和言语都让我感觉到我们给他们添了很多麻烦,我们影响了他们的生活。因为担心惹出更多的麻烦,造成更不好的影响,我们将注意力都集中在了与她的相处上,根本就没有心情去欣赏伦敦的风土人情。就在我们已经在考虑提前回国的时候,我女儿正好到伦敦来出差。她当然给我们带来了更多的压力,因为我们不仅要防止与她发生冲突,还要防止她与我儿子和儿媳妇发生冲突,特别是防止她因为我们而与他们发生冲突。这些都不需要再说了。我的特殊经历起因于我女儿要求我儿子利用她在的那个周末带着我们一起到伦敦郊外的某个景点去玩一次。我儿子选择了带我们去参观丘吉尔的祖居。那本来应该是我在伦敦期间最愉快的经历,没有想到却成了我对生命和家庭最恐怖的记忆。

我们的家已经被拆成了三块,分散在亚洲、欧洲和北美。那是我们一家人被拆散之后的第一次团聚和出行。我和我丈夫坐在后排,我女儿坐在副驾驶的位置上。一路上,她说个不停。她的不少观点都让我们难以接受,比如她说她之所以不结婚是因为她已经对天下的男人彻底失望了。她说,出国之前,她觉得"中国的男人蠢,外国的男人坏",出国之后,她觉得"中国的男人坏,外国的男人蠢",总而言之,天下的男人都已经让她彻底失望了。我知道与她争论没有任何意义,因为首先她从来就不会听取反对的意见,其次反对的意见只会让她的态度变得更加恶劣,所以我什么都没有说。但是,我儿子提醒她说车上坐着两个中国男人。我女儿不仅丝毫没有退让的意思,还继续冒犯。她说:"你们有多坏和有多蠢,你们自己最清楚。"

我相信我女儿的滔滔不绝对我儿子是很大的干扰。但是,谁也没有办法让她停下来。在回伦敦的路上,她的兴致更是有点所向披靡的味道。她一会儿谈中国的经济,一会儿谈美国的政治,一会儿谈英国的足球,一会儿谈中东的危机,一会儿谈韩国的影视,一会儿谈香港的美食……她的所有观点都很肤浅又都很极端。而我儿子的质疑和争辩会引起她更肤浅和更极端的反驳。就在我女儿突然慷慨激昂地发表她对萨达姆的支持和同情的时候,我们听到了两声巨响,并且感到了两阵剧烈的震荡。等醒过神来之后,我们才意识到我们的车撞上了前面的车,而后面的大巴撞上了我们的车。我女儿开始是失声痛哭,然后是破口大骂。而我儿子显得若无其事。等我女儿骂完之后,他才慢条斯理地说:"独裁者和他的支持者肯定都是会要遭到天谴的。"事故之前,我丈夫一直在打盹。我女儿的高谈阔论似乎对他毫无影响。当我女儿在失声痛哭的时候,他用手掌按压着额头上被碎裂的玻璃划破的伤口,说:"我怎么没有死啊?!"我紧张地看了他一眼。"小时候,所有的算命先生都说我会死在异国他乡。"他接着说。而我什么话也没有说。我意识到我们这个家完全可能在那一个瞬间就从地球上彻底消失。这场车祸只是对我们的一个警告,我这样想,我们这个已经被拆散的家,其实就不应该重新凑合在一起了……非常幸运,我们都只受了轻伤。但是,所有的车门都打不开了。我们要等到救援车赶到才能够获得解放。

我第二次走进了派出所的接待室。我还是觉得它是与我的身份不符的地方,就像我刚才慌慌张张地走出去的时候一样。顾警官已经不在里面了,这是我在来的路上想到过的结果。其他那些报案的人也都不在了。而那个与顾警官争执过的老头儿却还在。他坐在报案时坐的位置上。我仍然在门边的长椅上坐下。老头儿回过头来看着我。看得出来,他并不知道(或者是不记得)我不久前已经来过一次。我对他点了点头。他告诉我现在是交接班的时间,所以警官们都不在。我又对他点了点头。老头儿接着告诉我,他昨天晚上就来了,可是接待他的警官态度一点都不好,要他"不要抱任何希望"。他说他不愿意将报案单交给那种不负责的警官。他一直等到了现在,想要看看来接班的警官是什么态度。如果天下的警官真的像人家说的那样是一回事,他就会放弃报案。老头儿看了一下自己的手机。他长叹了一口气。他说今天交接班的时间估计会比较长,因为公安人员刚刚破获了一个大案。"人都关在里面呢!"老头儿指着"临时羁押室"低声说。他说他是亲眼看着那些犯罪分子一个个从囚车上被推下来的。"都是一些长得标标致致的年轻人。"老头儿神秘兮兮地说。

我看了一眼"临时羁押室"的门。我的感觉还是没有错,这不是我应该来的地方。我只想尽快离开这个地方。我永远都不想再走进这种地方。

老头儿刚才只顾自己说话,对我没有发生什么兴趣,这让我感觉比较放松。但是,他的话好像说完了。他注意到了我手里的报案单。他问我是不是也是来报案的。

我说是的。

"是诈骗案吧?"他接着问。

他肯定的口气令我的身心同时颤抖了一下。"你怎么知道?"我警惕地问。

"我们这种年纪的人还能报什么案呢?!"老头儿说着,看了一眼自己手里的报案单。

"你也是报诈骗案?"我顺势问了一句。

老头儿又长叹了一口气。那当然就是他肯定的回答。

"也是被警察骗的?"我继续问,好像是急于想找到一位难友。我马上就意识到自己的问题与场景不合。"我说的是假警察。"我纠正说。

老头儿的回答出乎我的意料。"不是。"他说。他的语气好像是想告诉我,我低估了他受害的程度。

我不敢再多问什么了。我将脸侧向"临时羁押室"。"人都关在里面呢!"老头儿刚才说的话又回荡在我的耳边。我从来没有与犯罪分子离得这么近。我的感觉非常不好。这真是我不应该来的地方。

"是被我儿子骗的。"老头儿说,"我自己的亲生儿子。"

老头儿的话让我将脸迅速地侧转过来。"你说什么?"我紧张地问。这最特殊的一天还没有结束。这最特殊的一天好像永远都不会结束。

"是被我儿子骗的。"老头儿重复说,"我自己的亲生儿子。"

我剧烈地哆嗦了一下。我不敢相信他说的话。

"他把我一生的积蓄都骗走了。"老头儿说。

我不敢相信他说的话。我也不愿相信他说的话。我站起来,不知所措(也许应该说是"惊慌失措")地走动起来。我想起了自己的儿子和女儿。我为什么还要抱怨他们呢?他们不了解我的一生。他们不愿意了解我的一生。但是,他们不会骗走我一生的积蓄。我对他们为什么还有那么多的抱怨呢?

"我一直将他当成是一个不懂事的孩子。"老头儿继续说,"我经常记起他小的时候我带他在雪地里放鞭炮的场面,他那双嫩绰绰的小手被冻得通红……我真不明白,那样的一个孩子怎么会做出这样的事情?"

我不想听他再说下去了。我很难受。所有的父母都不会忘记他们孩子的那双嫩绰绰的小手,但是,许多年以后,在那双小手长大之后,它可能会将他们一生的积蓄卷走……我很难受。一种莫名其妙的空虚(或者说莫名其妙的轻)与一种莫名其妙的压迫(或者说莫名其妙的重)同时进入我的感觉。我不想再听他说下去了。我很难受。我也不想再去想他说过的话。我一边在长椅前来回走动,一边做着深呼吸。我只想让自己的情绪尽快恢复平静。

我没有能够恢复平静,因为一股强烈的好奇突然抓住了我。我走近"临时羁押室"。有生以来,我从来没有与犯罪分子离得这么近。我又紧张又兴奋。我对那些"标标致致"的犯罪分子产生了强烈的好奇。

我将脸贴近门上的玻璃窗口,从窗口上还剩下的缝隙里朝里面张望。垂头丧气的老头儿很快也凑了过来。"我没有说错吧,都是一些标标致致的年轻人。"他低声说,"我看着他们被关进来的。"那些"标标致致"的犯罪分子都戴着手铐。他们都靠墙坐在地上。他们有的低着头,有的仰着头,都显得非常疲惫。"数一数一共有几个女的。"老头儿低声说。我瞥了他一眼,觉得他的这种好奇很庸俗。但是,它反映的可能正好就是大众的心理。我也有这种好奇。我跟着他一起数了起来……可是,数到第五个的时候,我停住了。紧接着,我的胃又狠狠地痉挛了一下。"这怎么可能?!"我低声说,"这怎么可能?!"我不敢相信自己的眼睛。

老头儿侧过脸来看了我一下,他当然不可能知道我看到了什么。

我想吐。我只想吐。我冲出了接待室。我冲出了派出所。我听到了身后传来的老头儿的叫喊:"你不是要报案吗?警官们马上就会来了。"但是我没有回头。我没有回头。我已经顶不住了,淤积在我胃部的食物剧烈地翻腾起来。刹那间,它们带着强烈的气味冲出了我的食道,冲出了我的喉管……

我停下来。我弯下腰。我用双手撑着膝盖。我将最后的一点食物也彻底吐了出来。我能够感觉得到过路的人都在尽量绕开我。我能够想象得出他们厌恶的表情和鄙弃的目光。我吐出来的不仅有我早上刚吃的牛奶和面包,还有昨天晚上吃的熏猪心和胡萝卜丝。"吐出来就好了。"从前每次呕吐的时候,我母亲总是这样安慰我。后来,我自己的孩子呕吐的时候,我也总是这样安慰他们。但是,这代代相传的安慰对我好像突然不起作用了:我的胃已经吐空了,而我的感觉却还是一点都不好。

我的感觉一点都不好。我四肢乏力。我浑身发冷。我的头脑好像正在与我的身体分离。我吃力地伸直了腰。我发现我的视线都已经变得模糊起来。突然,我好像又听到了手机关机的提示。我紧张地抬起头来。那熟悉的面孔又绝望地抓住了我已经变得模糊的视线。天啊,我不敢相信自己的眼睛。这最特殊的一天还没有结束。生活的魔幻还在继续。我突然觉得那个被自己的亲生儿子骗走了自己一生积蓄的老头儿自己也是一个骗子。他故意将我的注意力引向"临时羁押室",引向那熟悉的面孔,引向离我最近的犯罪分子……我第二次走进接待室好像仍然是走进了一个精心设计的骗局。这最特殊的一天还在继续。生活的魔幻还在继续。

我的感觉越来越不好。我感觉虚汗已经湿透了我的全身。我感觉我的头脑已经失去对我身体的控制。我感觉地面和空气都好像在开始摇晃。我已经有点站不住了。我摇摇晃晃地走近右前方路边的那棵樟树,最后几乎是倒在了它粗糙的树干上。而几乎就在同时,一股邪恶的力量开始拖着我的身体急速下沉,沉向深不可测的黑暗。我开始还想抵抗。我用肩膀顶住树干,我用左手按压住自己的小腹。我用最后的一点清醒向身体发出抵抗的暗示。但是很快,我就发现抵抗已经无济于事。我身体下沉的速度越来越快。接着,我又意识到那急速的下沉其实是我一直都在等待的状态。它是一种解放,一种既像是死亡又像是逃离的解放。我松开了我的左手。我放弃了我的抵抗。下沉的力量在黑暗的深处汇聚成了一股温热的气浪,它穿过我死寂的肠道,它冲开了我紧闭的肛门。这是一种多么畅快的冲击啊。伴随着那一声惊天动地的巨响,我感觉肛门彻底张开了,接踵而至的是稀得像水一样的粪便,它狂泻而下,完全不受我的意识和肌肉的控制……这是一种多么彻底的解放啊。拉吧,痛痛快快地拉吧,把这三天的淤积都拉出来吧!这来自意识深处的声音让我的身体充满了喜悦。拉吧拉吧,痛痛快快地拉吧,把这一整天的恐慌和屈辱都拉出来吧!这来自意识深处的声音让我的身体充满了骄傲。拉吧拉吧拉吧,把这一生的恐慌和屈辱都拉出来吧!这来自意识深处的声音让我的身体充满了尊严。我轻轻地闭着眼睛。我轻轻地呼吸着樟树淡淡的气息。疯狂的虚汗已经浸透了我的衣服。而我稀得像水一样的粪便已经顺着我的双腿流下来,流进我的袜子和鞋子。我没有任何不良的感觉和不安的感觉。我用我虚弱不堪的意识和身体拥抱这酣畅淋漓的解放。

我的一生是没有污点的一生。纯洁和清白不仅是我的追求也是我的成就。我怎么可能"卷入了犯罪集团的活动"?我怎么可能接受这种污浊的怀疑?假冒成顾警官的骗子正是抓住了我的"洁癖",让我在恐慌之中迅速陷入了对他的信赖和依赖,陷入了他设下的骗局。我想起了我丈夫那些年对我的"洁癖"的挖苦。他也许是对的。他对这最特殊的一天也许已经早有预感。我松开右手，已经被我抓成一团的报案单掉到了地上。我儿子说如果不报案，我就是真正"卷入了犯罪集团的活动"了。他说得没有错，但是现在我已经不在乎了。现在我已经不需要在乎了。经过这最特殊的一天，经过目不暇接的波折，我已经知道生活是多么的荒唐，多么的不可理喻。这最特殊的一天比我之前经历的全部生活都更让我懂得了生活，都更有意义。我甚至觉得应该感谢那位始终没有露面的顾警官，感谢让这一天变成我一生中最特殊的一天的所有骗子。他们用一个电话就改变了我的一生。他们用他们的"假"让我看到了生活的"真"。

此时此刻，布满我一身的已经不是污点，而是污垢，而且是充满恶臭的污垢。但是，我不仅没有任何不良和不安的感觉，我还清晰地感觉到了喜悦、骄傲和尊严。我知道这最特殊的一天对我意味着什么。我已经不在乎了。我已经不在乎别人怎么看我，也不在乎自己怎么看待自己。我记得有一次老范谈起他最欣赏的美国总统的时候，我问他怎么看待那个总统被媒体炒得沸沸扬扬的污点。老范的回答当时让我大吃一惊。他说："其实污点才是一个人生命中的亮点。"现在我不再觉得这是不负责任的说法了。现在我甚至会有点欣赏他的这种说法了。

狂泻和虚汗几乎同时收住。紧接着,我的头脑开始恢复了对身体的控制。那是从黑暗深处返回的身体。它好像还不习惯阳光和噪音。它仍然渴望和依赖着树的支撑。恢复的意识带给了我一丝快感。我愉快地倾听着自己的心跳和呼吸。我知道那突如其来的暴风骤雨已经过去了。只要再稍稍舒缓一下,我就可以回家了。我想回到我的"空巢"中去。那就是我的家。那就是我在这个世界上最后的家。我不想再接任何人的电话,我不想再让任何人来关注我或者关心我。我是一个"空巢"老人。"空巢"就是我的家。

就在这时候,我又听到了那个不男不女的声音,我又听到了那令我费解的同样的问题。"怎么又是你?!"那声音问。它离我非常近,就像在那个深夜的荒野上一样。将近五十年了,它一点也没有变。恐慌和疑惑又一起抓住了我。我睁开眼睛。是的,站在我面前的就是那个将我从死亡的边缘拉回来的蓬头垢面的人。将近五十年了……我现在终于能够看清那张布满污垢的脸,但是,我依然说不清那是男人的脸还是女人的脸。"怎么又是你?!"蓬头垢面的人重复了一遍令我费解的问题。这到底是什么意思?将近五十年了,我还是不知道这到底是什么意思。难道我们从前在哪里见过?

这最特殊的一天还在继续。生活的魔幻还在继续。我无法逃避它,又不想面对它。我绝望地闭上眼睛。

"我知道你看到了什么。"蓬头垢面的人说。

"你怎么知道?"我闭着眼睛用很低的声音问。

"我是疯子。"蓬头垢面的人说,"疯子什么都知道。"

"骗子也什么都知道。"我说,还是闭着眼睛。

"你错了。"蓬头垢面的人说,"骗子什么都不知道。"

这不是我儿子说过的话吗?他说骗子"掌握的情况"都是我自己说出来的。我羞愧地睁开了眼睛,紧张地打量了一下这将近五十年前就出现过的幽灵。难道它看出了我还是"有点不太对劲"?

"我知道她叫你什么。"蓬头垢面的人说。

"我和她没有关系。"我紧张地说,"我和她没有任何关系。"我不知道我为什么要对一个令我费解的幽灵撒谎。我不知道我自己还要在这个充满骗局的世界上撒多少谎。

"但是她比你的亲生女儿还亲。"蓬头垢面的人说。

这个疯子怎么什么都知道?将近五十年前,他(她)仅仅凭着星光和月光就看到了我女儿的胚胎,那隐藏在我身体之中最黑暗的部位的胚胎。现在,他又知道我的身心再一次濒临崩溃的原因,知道戴着手铐的犯罪分子比我的亲女儿还亲。我还能够说什么?我的谎言对他(她)没有用。

"我知道你女儿不在你身边。"蓬头垢面的人接着说,"我知道她对你不好。"

我什么都不想说了。我的谎言对这个什么都知道的疯子没有用。

"我昨天不应该那样告诉你。"蓬头垢面的人接着说。

昨天?我不懂这是什么意思。

"我不应该告诉你她想到这个世界上来。"蓬头垢面的人说。

那不是昨天,那是将近五十年前。我知道了,这个疯子没有时间的概念。也许所有的疯子都没有时间的概念。但是骗子有。骗子有很强的时间观念。

"我不应该那样告诉你。"蓬头垢面的人说。

"为什么?"我问。

"因为这是一个不值得来的世界。"蓬头垢面的人说。

"为什么?"我着急地问。在深深的懊悔之后,我也多次有过这样的想法。我怀疑自己也正在接近疯狂的状态。

蓬头垢面的人很严肃地盯着我。"你连这都不知道吗?"他问。

"告诉我为什么。"我着急地说。

蓬头垢面的人盯着我。"这个世界上骗子太多,疯子太少。"他用很严肃的口气说。

这很像是老范说的话。我觉得它很有道理,但是又不是非常明白。老范说的许多话都给我这种感觉。我希望能够听到他(她)进一步的解释,我希望我们的对话能够继续下去。但是,蓬头垢面的人突然好像听到了什么。他警惕地往马路两边看了看,脸上显出了惊恐万状的表情。"你听到了吗?"他(她)紧张地问。

我听了听,什么都没有听到。

"那些想抓我的人又来了。"蓬头垢面的人说。刚说完,他(她)就消失得无影无踪了。

我又仔细听了一下,除了马路上的车流声之外,还是什么都没有听到。蓬头垢面的疯子听到了什么?那些想抓他(她)的人是谁?他们为什么想抓他(她)?……又有一大堆的疑惑进入了我的大脑。我稍稍移动了一下脚的位置。袜子和鞋子里面黏黏糊糊的感觉让我很不舒服。我想回家,回到我的"空巢"之中。我想痛痛快快地冲一个澡,冲掉我身上的污垢,冲掉我心上的屈辱。我想这最特殊的一天马上结束。我想生活的魔幻马上结束。但是刚走出几步,我感觉身体还是非常虚弱,所以又靠到了人行道边的护栏上,又轻轻地闭上了眼睛。这时候,我的头脑里出现了一支义愤填膺的游行队伍。他们好像刚刚参加过一个集会。他们举着"救救老人"的标语。我在队伍里看到了许多熟悉的面孔:楼下的保安、小鲁家的保姆、报刊零售亭的小李,还有老范,还有小于……我知道我当然不可能看见小雷。我已经知道她"关机"的原因了。我不敢相信自己的眼睛。我们认识已经这么多年了,小雷从来就没有给我带来过不愉快的感觉。她完全是我的亲生女儿的对立面。做一个小小的比较吧。我们一起走在外面的时候,每次遇到台阶,她一定会伸出手来搀扶着我的胳膊。这是什么样的细心？这是什么样的温情？我自己的亲生女儿不仅从来都没有主动搀扶过我,有一次下台阶的时候,我下意识地想抓住她的手,她还不耐烦地将我的手推开。从我们的第一次交谈开始,我对小雷的感觉就很好。我一直觉得我很幸运。我不可能想到我们充满温情的关系会终结得如此粗暴。

我非常失望,因为高喊着口号的游行队伍里居然没有任何人注意到我这个近在眼前的急需救助的老人。我非常失望。等队伍全部走过去之后,我慢慢睁开眼睛。这时候,我看见我母亲站在路边的小树丛中,温情地看着我。四周突然变得非常的安静,就好像是仙境。我的眼泪顿时就像刚才的虚汗一样涌冒出来。"我拉了,"我说,"拉了很多。"

"我知道。"我母亲说,"我一直在看着你。"

"它来得那么突然……"我说。

"你拉得那么痛快,就像小时候我把你的时候一样。"我母亲说。

"我丑吗?"我问。

"不丑。"我母亲说。

"我臭吗?"我问。

"不臭。"我母亲说。

"我知道你不会嫌弃我。"我说。

"当然不会。"我母亲说。

"我知道你不会责备我。"我说。

"当然不会。"我母亲说。

"我知道你不会骗我。"我说。

"当然不会。"我母亲说。

"只有你。"我说,"只有你不会。"

"永远都不会。"我母亲说。

我的眼泪继续像刚才的虚汗一样涌冒出来。"我想跟你走。"我说,"我想离开这个充满骗局的世界。"

我母亲对我招了招手。"你过来,孩子。"她说,"我带你走。"

图书在版编目(CIP)数据

空巢/薛忆沩著. —上海:华东师范大学出版社,2014.5
ISBN 978-7-5675-2094-3

Ⅰ.①空… Ⅱ.①薛… Ⅲ.①长篇小说-中国-当代
Ⅳ.①I247.5

中国版本图书馆 CIP 数据核字(2014)第 103136 号

空巢

著　　者	薛忆沩
策　　划	王　焰
项目编辑	朱华华
审读编辑	陈锦文
责任校对	胡　静
装帧设计	卢晓红
出版发行	华东师范大学出版社
社　　址	上海市中山北路3663号　邮编200062
网　　址	www.ecnupress.com.cn
电　　话	021-60821666　行政传真 021-62572105
客服电话	021-62865537　门市(邮购)电话 021-62869887
地　　址	上海市中山北路3663号华东师范大学校内先锋路口
网　　店	http://hdsdcbs.tmall.com
印 刷 者	安徽新华印刷股份有限公司
开　　本	787×1092　32开
印　　张	9
字　　数	148千字
版　　次	2014年7月第1版
印　　次	2015年2月第4次
书　　号	ISBN 978-7-5675-2094-3/I·1171
定　　价	36.00元(精)

出 版 人　王　焰

(如发现本版图书有印订质量问题,请寄回本社客服中心调换或电话021-62865537联系)